读客

读客科幻文库

跟着读客读科幻，经典科幻全看遍。

E A R T H L I G H T

地光

[英]阿瑟·克拉克 著
王臻 译

ARTHUR C. CLARKE

江苏凤凰文艺出版社
JIANGSU PHOENIX LITERATURE AND ART PUBLISHING, LTD

01

单轨车从低地的阴影中驶出来，向上爬着坡，速度也降了下来。萨德勒心想，眼下无论如何他们都能赛过日影的速度。夜幕的边际线推进得太缓慢了，一个人就算步行，也能毫不费力地赶上它——他可以清清楚楚地看着悬在地平线上的太阳，朝着它一直走下去，直到走累了，停下歇脚为止。接下来，太阳就会不情愿地从视野里滑下去。还要再花上一个多小时，最后一抹耀眼的光芒才会在这座天体的边缘消失，漫长的月球之夜也就开始了。

那一夜，萨德勒一直在疾驶着，穿越着两个世纪前先驱者们开拓的这片土地，速度是每小时五百千米，舒舒服服，稳稳当当。乘务员有些无聊，他似乎除了依从指令，一杯杯地做着咖啡，就不会做别的事情了。除了他以外，车厢里还有四位来自天文台的天文学家。他上车的时候，他们足够友善地点头打过招呼，然后很快沉浸在了技术问题的讨论之中，从那以后就完全忽略了萨德勒。对这样的冷遇，他感到有一点点受伤，但随即又安慰自己，心想，也许他们把他当成了当地的老居民，而不是第一次来月球执行任务的新客。

车厢里有灯光，窗外暗下来的地面就看不大清楚了。就这样，他们几乎全无声息地穿越着这片土地。当然，“暗下来”只是个相对的说法。不错，太阳已经落下，然而距离天顶不远的地方，地球正在迫近，已经露出了四分之一的面积。它还会继续稳步扩大，直到月球的午夜时分，此后的一周时间，它就会变成一轮耀眼的圆盘。如果不加保护就朝它凝望，眼睛会承受不了的。

萨德勒离开座椅，走过仍在争论的天文学家们，朝车厢前部拉着门帘的隔间走去。他还没有习惯只有正常体重六分之一的失重环境，所以格外小心地在卫生间与控制室之间的狭小走廊里往前挪动着。

现在他看清了。观察窗不如他预想的大，因为有些安全条款是必须遵守的。然而，由于这个地方没有室内光源，他的视觉不会受到影响，他终于看清了这片空旷的远古大地，欣赏着它的冷艳和荣耀。

“冷”，的确。他毫不怀疑地相信，尽管太阳才落下去几个小时，窗外的温度已经降到了零下200摄氏度。地球上的云层和海洋远远地洒下了光辉。这光辉有一种特征，加深了这个“冷”字的印象。这是一种带有蓝绿色调的光，散发出极地般的气息，从中感觉不出丝毫的热量。萨德勒心想，多么自相矛盾啊，因为这光辉的源头恰恰是一个明亮而温暖的世界。

在飞驶的车厢的前面，依托在支柱上的单轨轨道直指向东方。又是一组矛盾的现象——这在这个世界里到处都是。太阳为何不是从西方落下，就像在地球上那样？在天文学上一定有一个简明的解释。然而此刻萨德勒却说不上来。接着他又意识到，这些现象归根到底是出于偶然，如果再重新设计一个新世界，所有的一切很可能就全然不同了。

他们依然在缓缓向上，右边有一处峭壁，遮挡了视线。在左边——嗯，应该是南方，对吧？——破碎的地表倾斜下来，呈现出一系列不同的层次，仿佛在还原数十亿年前的景象：熔岩从熔融的月球核心涌出来，固化以后形成了连续不断的、渐渐减弱的一道道波纹。眼前的景象，能让灵魂也为之一寒。不过地球上也有这样荒凉的地方，亚利桑那州的荒地也同这里一样与世隔绝；珠穆朗玛峰更是恶劣得多，至少此地还没有像绝顶上那样，狂风永不止息，吞噬着一切。

接着萨德勒几乎大叫出声，因为右边的峭壁戛然而止，倒好像是魔鬼用凿子在月面上削了一下。他的视野再不受遮挡了，可以清楚地看到北方。大自然的艺术天才毫不刻意地流露出来，将地貌塑成了一件作品，让人难以相信这仅仅是时间和空间的偶然产物。

在那里，耸入天空的是月球亚平宁山脉的一座座山峰。隐藏在山后的太阳为它们镀上了灿烂的光芒，像火焰一般壮美。突然间迸发出来的耀眼光亮让萨德勒几乎失明，他伸手遮住刺眼的光，缓和了一阵，才能够重新面对窗外的景观。他再次望出去的时候，窗外的面貌已经彻底改观。不久以前还布满天空的星辰消失了，他在强光下缩小的瞳孔再也无法看见它们，即使是耀眼而明亮的地球，此刻似乎也只放出微弱的绿色光芒。反射着太阳光的群山虽然还远在一百千米以外，却已经遮盖住了其他一切光源。

一座座山峰浮在天空，如同火焰筑成的金字塔，壮美而奇幻。它们似乎同地面没有任何联系，就好像地球上落日时分凝聚在太阳上方的云朵。这些山峰的影子有尖锐的轮廓，于是山坡较低的部分就隐藏在黑暗中了，只能看见火苗般的山顶。还需要几个小时，这些傲岸、辉煌的山峰才会向黑暗投降，沉没在月球的夜幕里。

萨德勒身后的门帘分开了，一位同行的乘客走进隔间里，在窗边占了个位置。萨德勒不知道该不该主动攀谈，他依然因为遭到了冷遇，感到有点自尊受伤。然而有人为他化解了这个礼节上的问题。

“从地球上过来看看还是值得的，是不是啊？”黑暗中，一个声音从他身边传来。

“那是当然。”萨德勒答道，接着，为了显得超然，他又补上一句，“不过我想过段时间也就会习以为常了。”

黑暗中传来一阵咯咯的笑声。

“我可不会这么说。不管你在这里住多久，有些事情你永远不会习以为常的。你刚来？”

“是的。昨晚在第谷·布雷赫环形山着陆。还没好好看看呢。”

由于无意间的模仿，萨德勒说起话来也用上了简短的句子，就像他的谈话对象一样。他不知道是不是月球上人人都这样说话。也许他们认为那样可以节省空气。

“去天文台工作？”

“算是吧，不过我不是永久雇员。我是会计师，为你们的业务做成本分析。”

这话引起一阵思索。接着，终于有人打破了沉寂：“我太鲁莽了。早该自我介绍的。罗伯特·莫尔顿，光谱分析的负责人。很高兴有人来帮我们打理所得税。”

“我想这个问题马上要提上日程了，”萨德勒冷淡地说道，“我的名字是伯特伦·萨德勒。我是审计局派来的。”

“嗯。你觉得我们在这儿浪费钞票了？”

“那是由别的人来判定的，我只负责弄清你们怎么花的钱，而不是为什么花的。”

“好吧，有你的好日子过了。这里的每一个人会做出一笔账来，说他的花销比收入多一倍。我倒想知道你怎么才能精确地计算出来。”

萨德勒犹豫了一阵，还是决定不再多作解释。人家已经相信了他编的故事，并没有怀疑，如果再作解释，反而会暴露。虽说他也希望通过实践获得提高，然而现在他还不是撒谎的高手。

无论如何，他对莫尔顿说的话是绝对的实情。尽管萨德勒希望自己能说出完整的实情，而不仅仅是百分之五的。

“我刚才正琢磨着，咱们要怎么才能穿过那些山呢？”他说着，指指那些火焰般的山峰，“咱们是从上面过，还是从下面？”

“上面，”莫尔顿说，“它们看起来很雄伟，不过实际没那么高大，等你见到莱布尼茨山脉和奥伯瑟山脉就知道了，它们有这些山的两倍高呢。”

这样的开头相当不错，萨德勒心想。低矮的单轨车跨骑在单轨轨道上，在阴影中钻行，渐渐攀上了一条向上的路。在他们周围的黑幕之中，依稀可见的峭壁悬崖爆破般地冲向他们，迅急无比，一瞬间又消失在车尾。萨德勒意识到，在其他任何地方多半都不可能如此高速行驶，同时又如此贴近地面的。喷气式客机办不到——在高高的云层之上，它不可能让人如此透彻地感受速度。

如果是在白天，萨德勒就可以看到这项工程界的奇迹——轨道从亚平宁山脉的一座座小山顶上飞越而过。然而黑幕盖住了一座座蛛丝般轻盈的桥梁，以及一条条附在峡谷上的轨道曲线，他看到的只有那些渐渐迫近的山峰——在汪洋般的暗夜环抱之中，它们悬浮其上，如同施了魔法一般。

接下来，在遥远的东方，一弯烈焰般的弧形从月球的边缘窥望过来。他们一路爬升，已经驶出了阴影，驶入了壮丽的群山，超越了日影退却的轨迹。一片耀眼的光芒已经涌进了车厢，萨德勒扭头闪避，同时第一次看清楚了身边的男子。

莫尔顿博士（又或是莫尔顿教授？），五十出头的年纪，头发却相当乌黑茂密。他的脸属于丑得惊人的类型，能够一下子鼓舞起别人的信心。他近在眼前，可以看出他富有幽默感，是个心胸宽博的哲人，现代版的苏格拉底，既足以超然地向每个人提出公允的忠告，又没有凌驾于众人之上的傲慢。“金子般的心藏在粗糙的外表下面。”萨德勒在心里这样对自己说，同时对这句陈词滥调感到一阵肉麻。

两个男人的目光无声地相会，各自在心里品评着对方，他们都知道，未来的公务会让他们再次相遇的。莫尔顿随即微笑起来，脸上泛出的皱纹几乎同周围的地貌一样崎岖嶙峋。

“这一定是你在月球上的第一个黎明，当然，如果这也算黎明的话。不管怎么说，这的确是日出，可惜，只有十分钟时间我们就会穿过白昼，又回到黑夜。然后你还得等两个星期才能再见到太阳。”

“会不会太闷——太厌倦，如同关十四天禁闭？”萨德勒问。话一出口他又立即觉得自己问得很愚蠢，然而莫尔顿只是轻快地回应着他。

“你会知道的，”他说，“白天或是黑夜，到了地下感觉也差不多。无论如何，你可以随时走出来，只要你高兴。有些人倒是更喜欢夜晚，地球的光让他们觉得浪漫。”

单轨车穿越着群山，此时已到达了轨道曲线的最高点。随着两侧的山峰一一高耸着露出绝顶，又消逝在车窗以外，他们二人陷入了沉默。这时候，机车已经从天险中冲出来，又从比原先陡峭得多的山坡上坠落下去，一路俯瞰着雨海。曾几何时，他们的速度超越了日落，魔幻般地把太阳从黑夜里唤了回来，然而此刻，伴随着他们的降落，太阳再度萎缩，从一弧弯弓变成一条丝线，又从一条丝线变成一个燃烧的亮点，最终不复存在。这场“伪日落”的最后一刻，日光淹没在月球阴影之前的几秒钟，是萨德勒永远不会忘记的魔幻时刻。当时他们正沿着一道山脊行驶，阳光已经退去，然而单轨车的轨道仅仅高出太阳一米，最后一缕光束依然与它相勾连。他们似乎是在一条毫无依托的光带上飞驰；那单轨倒像是巫师用火焰筑成的一条细丝，而不是人类工程的产物。接下来，夜幕终于降临，幻景结束了。星星重新爬上夜空，而萨德勒的双眼也重新适应了黑暗。

“你还挺幸运的，”莫尔顿说，“我乘这趟车上百次了，可从没见过这个。咱们最好回车厢去——他们马上要供应点心了。反正现在也没什么可看的。”

萨德勒心想，这话说得可不太对。太阳走后，火焰般的地球之光如今又回来了，倾泻在宏大的平原上——早年的天文学家将这块地方不精确地命名为“雨海”。相比于甩在身后的山峦，它不算壮丽，却依然是美好的景观，足以让人屏住呼吸好好欣赏。

“我要再等一会儿，”萨德勒答道，“别忘了，这些对我来说都很新鲜，我一点也不想错过。”

莫尔顿笑了，其中倒也没有不善的意思。“倒还真怪不得你，”他说，“我们有时候对这些东西都习以为常了。”

单轨车此刻向下滑行起来，让人头晕目眩，如果是在地球上，简直等同于自杀。映照着绿光的平原充满了寒意，它向上升起，迎接他们的下降。前面，在地平线以上，有一带低矮的小山，与他们身后的群山相比，它们就像一群侏儒。接着，这一方小小世界的视野再一次对他们封闭。他们回到了“海”平面。

萨德勒跟着莫尔顿穿过门帘，走进车厢，在那里，侍者正在为这个乘客的小集体铺餐盘。

“你们一向只有这么少的乘客吗？”萨德勒问道，“我以为这在经济上不太划算。”

“那要看你所说的‘经济’是什么意思，”莫尔顿答道，“这里的很多东西列在你的资产负债表上会显得很滑稽。不过开通这趟车的成本并不高。它的设备永远不会老化，不会生锈，没有气候的影响。机车每隔几年才做一次检修。”

显然，这是萨德勒没有考虑过的。他还需要学习许多东西，其中有些东西也许会很难。

餐点的味道不错，就是吃不出来是什么。就像月球上的许多东西一样，它们想必也是在大规模的溶液养殖场里培养出来的。这些养殖场占地很广，遍布在月球的赤道地带。肉制品按理也应该是人工合成的，也有人可能把它错当成牛肉，不过萨德勒知道，月球上唯一的母牛在喜帕恰斯动物园里，过着珍稀动物一般的奢侈生活。他有一副魔鬼般的记忆力，总是能够不由自主地调出这种没用的信息。

也许是餐点的作用，其他几位天文学家比原先更友善了些，当莫尔顿博士介绍他们的时候，他们都表现得很友好，而且有几分钟还尽力避免自顾自地高谈阔论。然而，很明显，他们对萨德勒的使命是怀有警惕的。萨德勒能看得出来，这些人心里都在打着算盘，回顾着各自挪用过的款项，琢磨着一旦遭到质询又该怎样自圆其说。无须怀疑，他知道他们都能编出高度可信的故事，而且如果他真想逮住他们，他们还能用科学的幌子来蒙蔽他。以前他也经历过这些，虽然当时的具体情况同眼前不太一样。

机车进入旅程的最后阶段，穿越雨海的六百千米路程几乎是一条水平的直线，其间仅仅向东绕行了一小段，为了避开阿基米德大平原周围的小山。萨德勒舒舒服服地坐定了，拿出简报研究了起来。

他摊开组织结构图，铺满了大半张桌子。图表由几种不同的颜色构成，分别对应着天文台里不同的部门，印制得工整、清晰。萨德勒带着几分厌恶地看着它。他记得，上古人类曾被定义为“制造工具的动物”，而他认为现代人最好的定义应该是“浪费纸张的动物”。

在“总监”和“副总监”的标题下，图表一分为三，分别冠以“行政”“技术服务”“天文台”的标题。萨德勒找寻着莫尔顿博士的名字，有了，就在“天文台”的框图里，列在“首席科学家”的下面，排在“光谱分析”一栏的首位。照名单的排列推想，他应该有六名助手，其中就有莫尔顿方才向他介绍过的哲美森和惠勒。他还发现，单轨车上的另一位乘客并不是什么科学家——在图表上，此人的名字独占一个框图，而且除了总监本人，他无须对任何人负责。萨德勒猜想，这位书记瓦格纳多半是相当有权势的人物，值得好好研究一番。

他研究着图表，已经花去半个小时了，完全沉迷在图上的枝枝杈杈之中，直到后来，有人打开了收音机。轻柔的音乐弥漫在车厢里，萨德勒对此并不反感。凭他的定力，比这更恶劣的干扰也能抵御得了。接着，音乐停了，短暂的停顿后，嘟嘟的报时声响了六次，一个温和的声音说道：“这里是地球，第二频道，星际广播网。刚才最后一响是格林尼治时间21时整。下面播报新闻。”

广播信号没有丝毫干扰。一字一句清清楚楚，似乎就是从某座本地电台转播的。不过萨德勒早就留意到，机车顶上安装的天线系统斜插向天空，所以他知道这节目的信号是直播的。他们听到的每一个字都是在大约一点五秒之前从地球上发出的，还有许多人还需要好几分钟才能听得到——如果大联邦的飞船在土星以外收听，则需要几个小时。而来自地球的声音还会向更远的地方传播、扩张、消散，比人类探险所到过的极限还要遥远得多——它会一直向半人马座阿尔法星传播过去，直至最后，湮灭在各星体自身发出的电波里。

“下面播报新闻。来自海牙的消息，外星资源会议已经宣布中止。大联邦的代表团明天即将离开地球，此前总统办公室已就此发布以下声明……”

一切尽在萨德勒预料之中。然而，不管多早之前就已预计到了，但当担忧终于变成了事实，终归会有一种心里一沉的感觉。他瞥了一眼同伴们。他们是否意识到此事有多么严重呢？

他们当然意识到了。瓦格纳书记表情严肃地用双手托着下巴；莫尔顿博士朝椅背上一靠，闭上了双眼；哲美森和惠勒专注地盯着桌面，神态阴郁。尽管使命在身，又远离地球，他们却没有因此同人类世界的主流隔绝开来。

广播的语气很冷漠，委婉的外交辞令却掩藏不住抗拒、争辩和威胁，月球之夜的寒气似乎也因此从墙缝里渗漏进来。苦涩的事实令人难以面对，而数以百万计的人民却依然生活在愚人的乐园里。他们会耸耸肩，强颜欢笑说：“别担心，一切都会过去的。”

萨德勒可不这么认为。他坐在通体闪光的柱形车厢里，向北飞驰着驶过雨海，心里明白，两百年以来人类将第一次面临战争的威胁。

02

如果战争爆发，萨德勒想，那将是情势所迫，而不是苦心孤诣的政策造成的悲剧。的确，棘手的现实导致地球同她的各个前殖民地发生了冲突，在他看来，这一切有时候就像自然界开了一个恶劣的玩笑。

即使在这趟既不受欢迎也出乎意料的任务之前，萨德勒也对眼前危机背后的现实十分清楚。此前它已经酝酿、发展了很久，伴随了一代人，而行星地球的特殊位置则是它的起因。

地球是人类物种诞生的地方，是太阳系内一个独一无二的世界，这里的矿产丰饶，其他地方无法相比。命运的偶然安排让地球人在科技方面获得了飞跃般的起步。然而当人类到达其他行星后，他们却失望而惊讶地发现，许多最关键的必需品仍然需要依赖故土地球。

地球是所有行星中密度最高的，只有金星与她接近。然而金星没有卫星，而地月系统形成了一个双天体世界，这是其他行星系统所没有的。这个结构是怎样形成的，至今仍然是个谜团。已经知道的是，当地球仍然是熔融态的时候，月球与地球间的距离仅仅是现在的一个零头，而月球扰动起液态塑料般的物质，在地球上造成了巨大的潮汐。

这些内部潮汐造成的结果，就是地球的地壳内含有丰富的重金属——远远胜过其他任何行星。别的星球将宝藏深藏在难以触及的核心，用高温高压保护起来，阻挡着人类的掠夺。于是，当人类文明从地球扩展出去的时候，对母亲故土的资源消耗稳步地向上攀升。

较轻的元素在其他星球上有无穷无尽的储量，然而一些至关重要的金属，如汞、铅、铀、钚、钍、钨则几乎完全开采不到。其中有许多元素是不存在替代物质的。尽管历经两个世纪的努力，用合成的方法来大规模生产它们依然不现实——而现代科技离开了它们又无法维持。

这是个不幸的处境，对于火星、金星和各大卫星上的一个个独立共和国来说，这个境地更是令人恼火——如今，他们已经联合起来，成立了一个大联邦。眼下的形势让大联邦不得不依赖地球，这阻碍了他们进一步向太阳系的最前沿拓展。尽管他们也搜索过各个小行星和各行星的卫星，在世界形成之初留下的残余物中苦苦找寻，得到的却只有毫无价值的岩石和冰。他们不得不伸出手，向地球母亲一克一克地乞讨12种比黄金还珍贵的金属。

而且，自从空间旅行开始兴起，两百年来，地球对她的星外子孙表现出越来越强烈的嫉妒，如果不是这样，事情还不会那么严重。这是个很俗套的情节，也许最典型的例子就是英格兰同美国殖民地之间的历史典故。虽然俗话说得好，历史永远不会重复，不过历史上的一些局面的确会重现。如今的地球统治者比当年的乔治三世聪明得多，然而，他们也渐渐地表现出了与那位不幸的君王相同的反应。

双方都有各自的立场，这也是人之常情。地球疲惫了，她为了给各星体输送血液，消耗了自己。她眼看着权力从手中滑落，而且知道自己已经失去了未来。她又为何要加快这个进程，为自己的对手提供他们所需要的工具呢?

另一方面，大联邦回望着他们的发祥地，温情之中又带有轻蔑的意思。大联邦已经把一部分人类吸引到了火星、金星和各大行星的卫星上，而这些人往往是最优秀的知识分子和最有冒险精神的英杰。在地球以外有最新的疆域等待开拓，从那里可以向外星扩张，永远没有限制。人类所要面对的，是前所未有的巨大挑战。要想迎接挑战，必须具备极高的科学技能和永不退缩的决心，然而这些，已经不再是地球所具备的基本美德了。即使地球方面已经意识到了这一点，她也无法为缓和局势而有所作为了。

以上这一切或许会导致不和谐的调子以及星际间的谩骂，却绝不会引发暴力。战争还需要有别的因素诱发，需要一颗最终的火花。它所引发的爆炸声，将会回响在整个太阳系。

如今，这颗火花被打着了。全世界都还蒙在鼓里，短短六个月前，萨德勒本人对此也同样地懵懂无知。中央情报署是一家影子机构（萨德勒虽不情愿，却也成了它的成员之一），它一直在为消除恶果而日以继夜地工作。从表面看，一篇题为《月面特征形成的量化理论》的数学论文是不能引发一场战争的，可是别忘了，阿尔伯特·爱因斯坦也曾有过一篇论文，同样是理论性的，却的确导致了一场战争的终结。

这篇论文是大约两年前由牛津大学的罗兰德·菲利普斯教授完成的。作者是位平和的宇宙学家，对政治没有兴趣。当时他将论文提交给了皇家天文学会，此后迟迟没有公开发表，也没有就此给他满意的解释。不幸的是，后来发生的事让中央情报署大为紧张——菲利普斯教授天真地将论文副本寄给了火星和金星上的同行们。曾经有人不遗余力地想把它们拦截下来，然而却落空了。如今，大联邦方面一定已经知道，月球并不是一个贫瘠的世界，同他们两百年来所相信的情况并不相同。

泄露出去的信息无法追回，而且，关于月球，还有其他一些同等重要的事情是大联邦不应当去了解的。然而不知怎么回事，他们正在研究着这些事情。又不知怎么回事，有关的信息正在泄露，从地球到月球，然后流向其他行星。

萨德勒心想，如果是一幢房子漏水，你就该去请管道工。然而对这种无形的泄漏又该怎么处理呢？更何况在这片非洲大陆一般大的天体表面，泄漏可能发生在任何地方。

他对中央情报署的范围、规模、运作方法依然所知很少。而且，尽管没有流露出来，他还是因为自己的私人生活遭到打扰而暗自讨厌它。在受训之前，他的职业同他现在假扮的角色完全一致——会计师。六个月前，他经过了面试，又有人授予了他一份工作，工作内容语焉不详，背后的原因也没有明确的解释，而且他多半是永远也不会弄明白的。他颇为自愿地接受了——有人明确地告诉他，他还是不要拒绝的好。从那时起，他的大部分时间都在催眠状态下度过，接受各种不同信息的灌输，在加拿大的某个昏暗的角落里过着僧侣般的生活（至少他认为那个地方应该是加拿大，不过也大有可能是格陵兰或西伯利亚）。如今他来到了月球，在星际的棋局中充当一枚无关紧要的小卒。等着吧，等到所有令人感到挫败的经历过去，他一定会非常高兴的。对他来说，有人居然会志愿去做秘密特工，算是一件难以置信的事情。如此不文明的行为，只有非常不成熟或不平衡的人才会从中获得满足感。

不过他也得到了几项补偿。如果通过寻常途径，他是永远没机会造访月球的，而今后的岁月里，他眼下累积的经验也许会成为一笔真正的财富。萨德勒一向喜欢把眼光放远，尤其是在现在沮丧的心境中，更是如此。的确，现在的处境，无论是在星际关系的层面，还是对于他个人，都已经够令人沮丧了。

地球的安全的确是不得了的责任，然而对个人来说，这又是个太大的词，犯不着为之操心。对于事情的原因，不管别人怎么说，星际政治都是个宏大得无法考量的问题，普通人更关心的还是日常生活里的事。对于宇宙观察家来说，萨德勒最担心的事情似乎太微不足道了——他关心的只是人类中的一个分子，一个单独的个体。他琢磨着，他在他们结婚纪念日这一天居然出了远门，珍妮特会不会原谅他？最起码她会盼望他来个电话，而这恰恰是他不敢做的事。他的妻子和朋友都以为他还在地球上，而从月球打电话回去必然会暴露自己的位置，因为两秒半的延迟时间会立刻让他无法隐瞒。

中央情报署能够搞定很多事情，然而他们却没本事让电磁波加速。根据他们的承诺，他们会按时把他的纪念日礼物快递出去——不过他们不能告诉珍妮特他什么时候可以回家。

安全是个极其庄严的课题，在保障安全的名义下，他要对自己的行踪保密，对妻子撒谎，不能有丝毫苟且。

03

康拉德·惠勒对比完了磁带，从椅子上站起来，在房间里来回走了三趟。从他的举手投足中，经验更丰富的老手可以看得出，他在月球上还是个新客。他同天文台的团队刚刚共事了六个月，依然在矫枉过正地适应着现在所处的摩擦重力环境。他的同事们步态流畅、从容，近乎于慢动作，相比之下，他的动作就显得急迫而生硬。当然，动作的突兀也一定程度上反映出他的脾气、他的缺乏纪律性，以及他的轻率、武断。如今他正在试图克服这副坏脾气。

他以前也犯过错，不过这一回，错不了，不可能有什么疑问了。事实俱在，绝无争议，计算结果也明白无误。答案是令人生畏的。在外太空的深远处，一颗恒星以难以想象的爆破力发生了爆炸。惠勒看着他刚刚写下的数字，又检查了一遍，这是第十遍了。接着，他拿起了电话。

希德·哲美森受了打搅，不开心了：“真的很重要吗？”他问道，“我在暗室里给老莫尔顿做点东西。无论怎样，这些图版还没洗出来，我得等着。”

“那需要多久？”

“哦，也许五分钟。然后我还有别的事要做。”

“我觉得这事儿真的很重要。只需要一会儿工夫。我就在‘第五仪器室’。”

哲美森赶到的时候，依然擦拭着手上的显影剂。三百多年过去了，摄影技术的某些要素依然没多大变化。惠勒相信，这一切都是可以通过电子方法完成的，因此在他看来，他这位朋友的有些行为简直是炼金术时代的残渣余孽。

“怎么了？”哲美森问。一如往常，他不会说一个字的废话。

惠勒指了指写字台上打了孔的磁带。

“我对综合计量议做了例行检查。它检测到了一些情况。”

“它一贯如此，”哲美森嗤之以鼻，“在天文台哪怕有人打个喷嚏，它也会有反应，就好像发现了新的行星。”

哲美森的怀疑主义具有坚实的依据。综合计量仪是一台花样百出的仪器，很容易被误导，很多天文学家都觉得它只会添麻烦，没什么价值。可它偏偏是总监大人最宠爱的项目之一，所以除非管理层换班，没人能把它处理掉。这是麦克劳林总监自己的发明——那是在更早些的时候，当时他还有时间从事具体的天文学研究工作。这是一台自动的太空监察仪器，为了观察到一颗新星在天界燃烧，它可以耐心地等待几年，接着，它就会鸣响警钟，引起观测人的注意。

“瞧，”惠勒说，“这是记录。别光听我嘴上说的。”

哲美森将磁带放在转换器上播放出来，记录下数字，又迅速计算了一下。惠勒满意地微笑着，眼见他的朋友惊得简直要掉了下巴，他感到一阵释然。

“二十四小时内亮度达到了十三级！哇！”

“我算出来是十三点四，不过也够精确了。照我看，这是颗超新星，而且距离很近。”

两位年轻的天文学家沉默着彼此对望。接着哲美森说道：“这也太理想了，不太可信。先不要告诉大家，等到我们有把握了再说。咱们先看看光谱，权当它是颗普通的新星。”

惠勒的眼神如在梦中。

“上一颗超新星在我们的银河系出现是什么时候？”

“那是第谷星——不，不是它，还有一颗更晚一些的，大约在1600年。”

“总而言之是很久以前了。这么一来，我在总监手下又有好日子过了。”

“也许吧，”哲美森冷淡地说，“也只有超新星才能有这样的功效了。你去准备报告吧，我会去准备好光谱分析图。咱们不能贪心。其他天文台也会想插手的。”他望着总和计量仪——此刻它恢复了常态，继续耐心地搜索着天空。“我想你已经给自己捞到资本了，”他又补充道，“哪怕除了飞船的灯光之外你再也找不到其他东西，也没什么关系了。”

一小时后，在员工休息室里，萨德勒听到了消息。他没有为此格外地兴奋。他自己的问题太多了，眼前的工作也堆积如山，对天文台的日常工作自然就无暇顾及，更何况他自己还不是个行家。然而，瓦格纳书记很快就明确指出，眼前这桩事情比日常工作重大多了。

“这是要写进你的资产负债表里的，”他欢快地说，“这是多年来最重大的天文学发现，咱们到屋顶去。”

萨德勒正读着《星际时代》中的尖锐社论，越读越厌烦，一听这话，他立即将它撂在一边。那本杂志像梦幻中的慢镜头一般坠了下去（这也是他还没有习惯的现象）。他跟着瓦格纳走进了电梯。

他们一路上升，经过了宿舍层、行政层，又经过电力和交通层，来到了最小的一座观测圆顶。塑料制的泡沫状顶棚几乎有十米宽；遮雨罩是在月球的白昼期里用来遮盖顶层的，现在已经向后打开了。瓦格纳关掉了内部照明。他们站定了，望着星辰和正在由亏转盈的地球。萨德勒以前曾来过这里几次，然而面对长空，却想不出解决精神疲惫的办法。

在距此大约两百五十米的地方，人类有史以来最大规模的望远镜展露着轮廓，稳健地指向南方的天空。萨德勒知道它所观测的星体是他的肉眼看不到的——其实，它观察的星体根本不属于这个宇宙。那台望远镜要探查的是宇宙的极限，那是远离家园十亿光年的地方。

接着，它出人意料地划了个弧线，转向了北方。

瓦格纳吃吃地轻笑起来。

“这会儿有很多人要扯着头发大惊失色了，”他说，“我们打乱了原计划，把枪口对准新星天龙了。走着瞧吧，看看能不能找到些什么。”

他对照着手里的一张草图察看了一阵子。萨德勒也随他一起盯着北方，却全然看不出有什么不寻常。眼前所有的星星在他眼里都是一样的。然而不久之后，在瓦格纳的指导下，用大熊星座和北极星做参照，他在北方的低空发现了一颗昏暗的星。它一点也不引人注目，虽然他知道，就在几天前，还只有最大的天文望远镜才能发现它，而它的亮度在几个小时里就增长了十万倍。

瓦格纳或许感觉到了他的失望。

“现在也许还不太壮观，”他用辩护的语气说道，“可它还在增长。如果运气好，我们一两天内就可以看到点东西。”

月球时间的“天”，还是地球时间的“天”？萨德勒没弄明白。就像这里的许多东西一样，时间的问题是非常容易混淆的。所有的时钟依然是二十四小时制的，与格林尼治时间保持同步。这么一来就有一个小小的便利，即只要瞥一眼地球，就能准确地估计时间了。不过这也意味着，月球表面白昼与黑夜的运转同时钟的显示没有丝毫关联。时钟显示为正午的时候，太阳既有可能悬在半空，也有可能在地平线以下。

萨德勒将目光从北方天空移开，重新打量着天文台。他一向想当然地认为，天文台一定会有一片巨大的半球形观测台，然而他忘了，在没有气候影响的月球上，将仪器封闭起来是毫无意义的。一千厘米的反射镜同一架比它小一些的伙伴此刻正裸露在真空里。只有它们那些脆弱的主人们才会藏在地下城市的温暖空气中。

天际线在所有的方向上几乎都是平直的。天文台所处的位置是柏拉图大平原的中心，周围有屏障环绕，然而环形山都隐藏在月面弧线的后面。这是一片苍凉的荒原，全无生趣，连几座小山也看不到。只有蒙着尘埃的原野，到处分布着通气孔和火山口；还有人类施工留下的各种设备——它们都神秘兮兮的，正紧张地探索着星际，试图采掘出其中的奥秘。

他们离去之前，萨德勒又朝新星天龙瞥了一眼，然而他已经不记得自己刚才注目过的是天极附近的哪一颗星了。“究竟为什么，”他不想伤害这位书记的感情，所以尽可能婉转地对瓦格纳说，“这颗星那么重要呢？”

“这个，”书记开口了，“我猜星星和人一样。那些表现好的就从来不会引人注目，当然，它们也能教会我们一些东西，不过，人也好，星星也好，表现一出格，我们从中了解的东西就多了许多。”

“那星星会经常做出那样的表现吗？”

“仅在咱们这个银河系，每年大约有一百次爆发——然而那些还都只是普通的新星。在高峰期，它们可能比太阳还亮十万倍。超级新星就稀少得多了，所以也就成了振奋人心的大事件。我们至今还不知道它的成因，不过如果一颗恒星变成了超新星，它有可能会比太阳亮数十亿倍。事实上，它发出的光可以胜过银河系所有恒星的总和。”

萨德勒思量了一阵子。

这样一幅画面，的确值得人安安静静地沉思一番。

“重要的是，”瓦格纳热切地继续说下去，“自从天文望远镜发明以来还从没发生过这种事情，在我们这个宇宙里，最近一次超新星爆发是六百年前的事了。在其他星系倒是有不少次，然而它们太远，没办法做详尽的研究。这一颗，打个比方说，恰好在咱们的门槛上。几天之内事实就会浮出水面。几个小时之内，它的光辉就会亮过天空所有的天体，除了地球和太阳。”

“你会从中得到些什么呢？”

“在自然界已知的所有现象中，超新星爆发是规模最庞大的。就其剧烈程度来说，核爆炸与它相比简直像是一片死寂，我们可以在这样的条件下研究物质的活动规律。不过如果你是那种凡事都要问个实际用途的人，弄明白恒星爆炸的成因就具有非凡的意义，难道不是吗？说到底，有朝一日咱们的太阳也会来这么一次的。”

“如果是那样，”萨德勒反驳道，“我真的情愿不要提前知道。不知道那颗新星带不带行星？”

“这完全没办法弄清楚。不过概率一定很高，因为十颗恒星里至少有一颗是带行星的。”

这是一个让人心寒的概念。很有可能在宇宙的某个地方，就有这么一个太阳系般的恒星系统，连同它的行星和行星上的外星文明，好似一颗抛出去的宇宙超级炸弹，随时就会引爆。生命脆弱而纤细，如同在极冷与极热的刀锋之间勉强维持着平衡。

然而人类对宇宙降下的灾害还嫌不够，还要忙着给自己堆起火刑架。

莫尔顿博士也有相同的想法，不过与萨德勒不同，他可以用一个更欢快的想法抵消它，因为新星天龙远在两千光年以外，爆炸后的光芒从基督出生之前就开始传播了。在这段时间里，它一定已扫过上百万个太阳系，有一千个地外世界已经为之改变。即使在此刻，它发出的光已经构成了直径四千光年的球体，也一定还有别的天文学家，从别的星球用大同小异的仪器锁定着这颗正在死去的恒星，观测着它的辐射渐渐向宇宙边缘一路衰减下去。如果进一步想一想，你会越发感到奇怪，还有无数个观察者，身在遥远的星河以外，对他们来说，我们的恒星系就是昏暗、混浊的一个光团，直到数亿年后他们才会发现，我们这片孤岛般的宇宙短暂地耀亮了一下，亮度比原先强了一倍……

莫尔顿博士站在控制台前。这个房间灯光柔和，是他的实验室兼工作室。曾经，这里同天文台其他的单元没有太多差别，然而现在，房间的主人却在此留下了他个性的印记。在一个角落里立着花瓶，瓶中插着假花，这东西安置在种地方既不协调却又有亲切感。这是莫尔顿表现出来的唯一一点古怪，也没有人因此而反感他。由于月球本地生长的植物起不到什么装饰作用，他就只得借助蜡和金属丝做原创了。这些原料是他在“中心城”特别定做的。他别具匠心地把它们组合成各种的花样。凭着用不完的才智，他的花朵似乎没有一天是重复的。

曾有一度，惠勒总拿他的爱好开玩笑，说这证明了他有怀乡情结，想回地球了。其实，从上一次莫尔顿博士回老家澳大利亚到现在，已经过去了三年，然而他似乎依然没有再次回乡的愿望。正如他指出的，这里的工作一百辈子也做不完。所以他更倾向于把假期积攒起来，等到他愿意的时候再一次性消费掉。

花瓶的两翼排列着金属文件柜，柜里存着莫尔顿在研究中累积的数千份光谱分析图。他一向小心地说明，自己不是个天文学家。他只观察和记录，其他人负责解释他发现的现象。有时候还会有愤怒的数学家前来抗议，说什么不可能有哪颗恒星拥有这样的光谱图。那时候莫尔顿就会拿出自己的档案，核对过后发现没有错误，然后回答说：“别责怪我。去找大自然算账吧。”

房间的其余部分凌乱又拥挤地摆放着一堆设备，在外行人眼里，它们毫无意义，即使对许多天文学家来说，它们也有些让人看不懂。它们大多数是莫尔顿自己制作的，或者至少是亲自设计后交给助手去组装的。在以往的两个世纪里，每一位实干的天文学家都必须兼做些电子学家、工程师和物理学家的工作——而且，随着他的设备成本稳步攀升，他还得搞好公共关系。

电子指令无声地穿行在电缆中。莫尔顿将这些电缆分别设置为“赤经”和“赤纬”。在他的头顶是宏伟的天文望远镜——它像一门巨炮，平滑地移动着，搜索着北方的天空。在“炮管”的底部，巨大的镜片正在将光线集中起来，形成一道光束。光束的强度是肉眼承受力的一百万倍。接下来，一块又一块镜片传递着这道强光，就像潜望镜那样，将它送到了莫尔顿博士身边。一切都正合他的心意。

如果他用眼睛去看这束光，那么耀眼的新星天龙会令他失明。更何况，同他的仪器相比，肉眼根本看不出任何玄机。他打开了电子光谱分析仪，开始扫描。它会精确而耐心地探究新星天龙的光谱，黄、绿、蓝，直到紫光，乃至远远超出肉眼可见范围的远紫外光。它一边扫描，一边在移动的磁带上记录下每一条光谱线的强度，从而留下确凿无疑的记录，即使一千年后，天文学家依然可以用来作参考。

有人敲门，接着哲美森进来了，带来了一些依然潮湿的摄影底版。

“最后的这些曝光很成功！”他喜气洋洋地说，“它们显示出新星周围的气态外壳了。速度的数值同你的多普勒位移分析也能吻合。”

“在我意料之中，”莫尔顿低沉地吼了一声，“咱们来瞧瞧吧。”

他察看着图版，背景配乐是电机的旋转声——那是依然在自动搜索扫描的光谱仪。当然，这些都是底片，不过同其他天文学家一样，他早已经习惯了，而且能够轻易地解读它们，就像面对冲洗过的照片一样。

在画面中心有一块小圆盘，标明为“新星天龙”，经过了过度曝光，它从感光乳剂漫出来。在它周围，是一道肉眼几乎看不出来的纤细圆环。莫尔顿知道，随着时间推进，这道环将会越来越远地向外扩张，直到最终消散在太空深处。它看上去太小了，太不显著了，凭借寻常的智力无法理解它的真实意义。

他们正在查看的，是两千年前发生的一场大灾变。他们正在察看着“天火”的外缘。它太热了，还没有冷却到白热的程度，因此整个恒星以每小时数百万千米的速度向太空中爆发开去。这是一堵不断扩张的火墙，它能够将最庞大的行星一口吞噬，至于行星的运行速度如何，根本无关紧要。然而从地球上看，它不过是一轮微弱的光圈，可见度也相当有限。

“我不知道，”哲美森柔和地说，“有朝一日，我们是否能发现为什么恒星会出现这种状况。”

“有时候，”莫尔顿答道，“我一边听着广播，一边想，也许来这么一下子是件好事情，火不是能杀菌嘛。”

哲美森显然吃惊了。这话太不像莫尔顿说的了，因为尽管他外表粗莽，却总是掩藏不住一副温暖的心肠。

“你不是认真的吧？”他抗议地说道。

“这个，也许不是。过去的上百万年里我们已经取得了一些进步，我琢磨着天文学家是该有点儿耐心的。不过看看我们眼前这一团乱麻，你就没担心过这该怎么收场吗？”

在莫尔顿的字句背后，有一股热情，一种深切的感情，哲美森为之震惊，也让他陷入了极深沉的不安。莫尔顿此前从来没有打开过情绪的闸门，表达自己在专业领域以外的强烈感情。哲美森知道，他那钢铁般的控制力下流露出了脆弱的一瞬，恰好被自己看到了。这也撩起了他自己心里的一些事情，他像一匹暴起后蹄的惊马，抵御着心里的震荡。

两位科学家长久地相对盯视着，估量着，思索着，尝试着跨越人与人之间固有的鸿沟。接着，鸣声响起，令人惊怵——自动光谱分析仪宣告它的任务已经完成了。紧张的状态就这样被打破了，日常的气氛再一次慢慢地罩住了他们。这片刻时光有可能带来不可估量的后果，却颤巍巍地戛然而止，一切又重新回归于悬而不决的状态。

04

萨德勒没奢望过有一间自己的办公室，他仅仅希望在财会部某个角落里有一张憋屈的写字台，结果倒也刚好如愿了。他没有为此不开心，他巴不得别惹麻烦，也别引起不必要的注意。在任何情况下，他都会尽量少在写字台前逗留。所有报告书的最终撰写工作都在他私密的房间里完成。那是一间狭小的隔间，如果再小一点，就会害人患上幽闭恐惧症。在宿舍层，有一百个这样的单元，全都是一个模子里刻出来的。

他花了好几天才适应了这种完全由人工营造出来的生活环境。这里是月球的中心，时间不复存在。月球的白昼和黑夜的温度差异是巨大的，然而却丝毫影响不到岩层一两米以下的地方，不论寒气还是热浪，到达这个深度之前都会消耗殆尽。

只有人类世界的时钟在嘀嘀嗒嗒地计算着时间，每隔二十四小时，楼道里的灯还会自动变暗，这样就营造出了“夜晚”。不过即使在那个时候，天文台也不会安睡。无论何时，总会有人值班。当然，天文学家们总是习惯在特定时段里工作，这让他们的夫人们很烦恼——除非在个别情况下，某位夫人自己也是天文学家。月球生活的节奏对他们来说并不是特别困难。抱怨最多的要数那些工程师，他们必须全天候地维持空气、电力、通信，以及天文台内门类繁多的各项功能。

萨德勒心想，总的来说，行政人员最舒服。财会部、文娱部和商店即使停工八个小时，也无关紧要，只要医务室和厨房保持二十四小时运作就可以了。

萨德勒竭尽全力不去招惹任何人，而且确信到目前为止他做得相当成功。他已经见过了所有高层职员，除了此刻在地球的总监本人，整个台里的人也大约见过一半了。他的计划是，兢兢业业地、一个挨一个地了解每一个部门，直到将能看的地方全看遍为止。等做到了这一点，他会坐下来思考几天。有些工作是急不得的，不管它有多么紧急。

紧急——是的，这是个主要的问题。虽然人家也没什么恶意，不过有人对他说过好几次了，他来的时间很糟糕。日益加剧的政治压力将这个小社会的气氛也弄得很紧张，大伙儿的脾气也跟着急躁起来。不错，新星天龙的发现一定程度改善了气氛，因为发生了像这样天火熊熊的事件，大家也就无暇为无聊的政治问题分心了。不过同样地，他们也无暇顾及一个成本会计师，而萨德勒也没法责怪他们。

他在调查之余，拿出了所有拿得出的时间，逗留在休息室里。这里是员工们下班后放松的地方，是天文台的社交中心。有如此理想的条件，他可以好好地研究一下台里的男男女女。他们当中，有人是为了追求科学而将自己流放到了地球以外，又或者，退而求其次，是奔着那份高额收入来的。为了吸引奉献精神比较欠缺的人，薪水就不得不定得高一些。

尽管萨德勒并不沉迷于流言八卦，而且相比于人群，他对事实和数据更感兴趣，然而他知道，他必须尽可能地利用这个机会。其实，对于这个问题，他接到的指令是非常具体的，具体得他认为有些没必要，那甚至有些讽刺的意味了。然而不可否认，人的本性大致是相同的，不论是什么阶级，又或是在哪个星球上。萨德勒只消在吧台边一站，略作一番倾听，就已经获得了一些最有用的信息……

休息室的设计体现出了很高的技巧和品位。不断变化的摄影壁画让人难以相信如此宽敞的房间居然深深地构建在月壳以下。建筑师兴致所至，还在这里安排了一处篝火，其中堆放着真正的实木木柴，而且是永远不会烧尽的。萨德勒对此大为着迷，因为他在地球上从未见过这个。

如今他在游戏和日常闲谈中频频露面，表现相当不错，已经成为获得接纳的天文台一分子，甚至成了许多当地流言的传播者之一。除了成员们都具有超群的智力以外，天文台其实就是地球社会的一个缩影。除了谋杀（这多半也是迟早的事），差不多人世上的任何事情都在这里的某个地方同步上演。萨德勒一向极少因为什么事情大惊小怪，对这里当然也不例外。可以预见，计算部门的全体六名女性，在这个男性为主的社区度过这么多个星期后，一定会赢得脆弱的名声。总工程师同助理总工程师闹意见不说话，或是X教授认为Y博士是个如假包换的疯子，又或是Z先生玩牌的时候作弊，也统统不是什么稀奇事。尽管萨德勒津津有味地听着这些故事，所有这些都不是他真正关心的。这些只能说明，天文台是个欢乐的大家庭。

萨德勒捧着一本上个月出版的《三联行星杂志》，只见“不得带出休息室”的字样恰好印在封面女郎身上。他琢磨着是怎样一个滑稽的人物开了这么个玩笑，恰在此时，惠勒风风火火地闯了进来。

“这回又怎么了？”萨德勒问道，“又发现了一颗新星，还是想找个可以依靠的肩膀哭诉一下？”

他倒情愿是后者，而且要是没有别人，他还可以勉强借出自己的肩膀。到如今，他已经相当了解惠勒了。这位青年天文学家也许是天文台里年纪最小的员工，却也是最令人难忘的。他机智的讽刺，对上级权威的不敬，对自己观点的自信，凡事喜好争辩的习惯，所有这些都让他锋芒外露。不过有人（包括那些不喜欢惠勒的人）告诉萨德勒，他是个有才气的主儿，而且前程似锦。此刻，发现新星天龙为他带来的好心情还没有过去。凭这个就足以为他今后的职业生涯赢得声誉了。

“我在找长尾巴瓦格，他不在办公室，我要投诉。”

“瓦格纳书记吗？”萨德勒尽可能地使用着纠正和责备的语气，“他半小时之前去了水利声学部。如果允许我发言的话，我想说，你居然不是投诉对象而变成了投诉人，是不是有些不寻常？”

惠勒咧开大嘴一笑，这让他好像个大男孩，难以置信地让人完全消除了戒备。

“我想你是对的。我也知道这类事情应该通过正常的渠道。不过这次相当紧急，有个傻瓜未经授权就着陆了，他破坏了我几个小时的工作成果。”

萨德勒不得不让大脑飞速运转，才想明白惠勒指的是什么事情。他想起来了，月球的这个部分是一块受限制的区域，如果不事先通知天文台，任何飞船都不允许飞过北半球上空。因为离子火箭会喷出耀亮夺目的火光，摄影曝光会因此遭到破坏，敏感精密的仪器也会遭到破坏。

“有没有可能是个意外事故？”突如其来的事件让萨德勒为之一惊，他问道，“它破坏了你的工作，真糟糕，不过那架飞船也许是碰上麻烦了。”

惠勒显然没想到这一层，他的火气立即有所缓和。他无助地望着萨德勒，似乎是琢磨着下一步该怎么办。萨德勒抛下杂志，站了起来。

“咱们要不要去通信部？”他说，“他们应该知道发生了什么事。介不介意我一道去？”

他在礼貌方面格外谨慎、周到，从来不敢忘了低调与隐忍。更何况，让别人觉得他在为你做好事，总归是个优雅的姿态。

惠勒立即采纳了建议，在前面带路，直奔通信部，倒好像这个主意是他自己想出来的。信号室是一间很大的房间，整洁得纤尘不染。它在天文台的最顶层，处在月球的月壳以下仅仅几米的位置上。天文台的神经中枢，即自动电话交换机就安装在这里；一台台监控器和发射机让这座遥远的科学基地同地球保持着联络。所有这一切都掌控在值班通信主任的手里。这个人不太欢迎不速之客，于是贴出了一张大告示：未经授权的人士绝对、绝对不得入内。

“说的不是我们。”惠勒说着，推开了门。他立即遭到了反诘，因为一张更大的布告就在眼前：“说的就是你。”他面无难色地转头对咧嘴笑着的萨德勒补充道：“说到底，所有真的不该入内的地方都锁起来了。”话虽如此，他没有推开第二道门，而是敲了门，然后一直等到有人应道：“进来。”

这位值班主任正在分解察看一套对讲系统，似乎对眼前的打搅还有几分乐意。他立即呼叫地球，联络了交通管制部门，询问那艘飞船到雨海去干什么，为什么不通知天文台。他们等待回复的时候，萨德勒在一架又一架设备之间溜达起来。

仅仅为了保持同地球的通话，或是在地月间发送些图片就需要这么多机器，的确令人吃惊。此时，萨德勒已经了解到，技术人员很乐意对那些真感兴趣的人们解释他们的工作，于是他问了几个问题，又尽可能地去理解人家回复给他的解释。他暗自庆幸，到目前为止，没有人怀疑他有什么不可告人的动机。于是他又想知道，如果他们只花一半的钱，还能不能做好手里的活儿。这里的人们接纳了他，把他当作一位有兴趣的好奇看客，因为很明显，他问的许多问题不可能同财务扯上什么关系。

值班主任在他的岗位上迅速地巡视了一下，不久后，通过自动打印机传来了地球方面的回复。这是一条略微有些含糊的信息：

飞船行程事前未作安排。系政府公务。不曾发出通知。未来仍有可能着陆。造成不便，见谅。

惠勒读着文字，似乎不相信自己的眼睛。到这一刻之前，天文台的领空是神圣的。若是一名修士的修道院遭遇了侵犯，不愤怒才怪呢。

“他们还要继续！”他急促而凌乱地说道，“我们的工作怎么办？”

“成熟点吧，小惠勒，”值班主任用放纵的口气说道，“你没听到新闻吗？要不然你就是太忙于照顾你的宝贝新星了？这条信息只说明了一个问题——在雨海里有什么秘密的事情。我只让你猜一次。”

“我知道，”惠勒说，“又是一次藏猫猫似的勘探，为了找到巨大的矿藏，还不想让大联邦的人发现。这种事儿太见鬼的幼稚了。”

“是什么让你作出这样的解释呢？”萨德勒尖锐地问道。

“这个嘛，发生这种事情已经有好多年了。在城里任何一所酒吧都能听到最新的传闻。”

萨德勒还没进过“城”——这是他们对“中心城”的称呼。不过他觉得这种说法相当可信。惠勒的解释至少在表面上颇能言之成理，尤其是在当前这种情势下。

“我们只能因势利导了，我想只能这么办，”值班主任说着，又鼓捣起了对讲机，“无论如何，事情会有所缓和的。所有的一切都会移到我们的南面。那是天龙另外一边的天空，所以不会真的干扰你的主要工作了，对不对？”

“我想不会吧。”惠勒不大乐意地承认了。有一阵子，他似乎相当沮丧。这倒不是说，他是在盼着有什么东西来打搅他的工作，绝不是。不过他确实一直在盼着好好争斗一场，就这样把手抽回去，真的令他有些苦涩而失望。

如今，要看清新星天龙已经不需要什么天文知识了。在日渐圆满的地球旁边，它显然已成了天际最耀眼的物体。即使是跟在太阳后面进入东方的金星，比起这位骄傲的新客也显得暗淡了。由新星投下的阴影已经十分明显，而且它的亮度还在增强。

根据无线电广播传来的新闻，在地球上，即使在白天也能清楚地看到它。一时间，有关新星的新闻曾将政坛消息挤出了头版，不过现在，现实的压力再次凸现出来。人类不能总是关注着永恒，毕竟，用光速计算，大联邦就在几分钟以外，而不是数百年以外。

05

至今仍有人相信，人类留在自己的行星上会更幸福些。不过到了这会儿，这样的奢望已经太迟了，一切都不可逆转。无论从哪个角度说，如果人类还固守地球，就不能被称之为人类。曾几何时，在活跃、躁动的天性驱动下，他们超越了自己的世界，登山一般进入了天空，又潜入海洋；如今，在太空的深处，月球和其他行星又在召唤着他们。人类的不安分是不会有所缓解的。

一直以来，在月球上开拓是一项缓慢、痛苦，甚至悲剧般的事业。从始至终，它的代价都昂贵得不可思议。自人类第一次登陆以来，两个多世纪过去了，地球这颗卫星的大片地方依然没有开发过。当然，月面的每一处细节都已经通过太空摄影绘成了地图，然而在崎岖的球面上，还有一半以上的地方没有经过详尽的考察。

“中心城”和其他基地是花了偌大气力建造起来的。在炽热的白昼和墨黑的寒夜交替的月球上，它们是广袤荒原中承载生命的岛屿，是沉寂戈壁中的绿洲。有许多人质疑过，付出那么大代价在这里维持生存是否值得，因为火星和金星所提供的机遇比这里大得多。然而抛开所有的问题，人类还是离不开月球。它曾是走向太空的第一座桥头堡，至今依然是通往各行星的一把钥匙。一班又一班的航天机，从一个行星世界飞向另一个行星世界，中间都要在这里添加能量——在巨大燃料箱里填满颗粒极细的沙尘状燃料，接下来，粒子火箭会将这些燃料沙雾化之后喷射出去。在月球添加燃料沙，就可以不必从引力大得多的地球上起飞，如此一来，星际间的旅行成本可以节省九成。的确，如果没有月球这个加油基地，经济实惠的太空航班就永远不能够实现。

经过验证，天文学家和物理学家的预料是对的——月球还具有巨大的科研价值。天文学最终从地球大气层的束缚中被解放出来之后，获得了巨大的进步。的确，极少有哪个科学的分支没有从月球实验室获得便利。地球上的政治家不管目光有多短浅，毕竟都记取了一条教训：科学研究是文明的血脉，是可以永远获利的投资。

虽然进程缓慢，又遭遇了无数恼人的挫折，人类还是发现了生存之道，进而在月球上热火朝天地过起了日子。他们发明了新兴的真空技术、低重力建筑学以及气温控制技术。虽然需要时刻警惕以防止侵害，人类还战胜了月昼和月夜这对魔鬼双胞胎。火烧般的白昼高温会使顶层膨胀，使建筑遭到破坏；极寒的夜又会将没有保护措施的金属结构拆散，因为它造成的物理收缩是地球上从来不会出现的。然而所有这些问题，最终都解决了。

任何一项新颖而富有野心的事业，远远望去都是危险而艰难的。月球再次证明了这一点。那些曾经显得无法克服的困难如今都成了月球的传奇佳话。曾经让第一批开拓者气馁的障碍如今几乎都被忘却。今日，在人类曾经徒步奋斗过的月面上，单轨机车可以载着来自地球的客人，奢华而舒适地观光旅行。

从某些方面来说，月球的环境没有对天外来客构成阻挡，反而对他们有所帮助。例如，月球的大气。在地球上，大气层可以被视为良好的隔绝层，它不会影响太空对地球的观察效果，却足以构成抵挡流星的防护罩。绝大多数流星都被大气层阻挡在距离地表一百千米以外的高空。换句话说，它们是被空气的阻力“制住了”，停留在了空气密度并不高于月面大气的层面。事实上，月球的无形防护罩甚至比地球的更有效，那是因为月球的引力小，因此防护层向空中延展，比地球厚得多。

对于最初的开拓者来说，最惊人的发现也许就是植物生命的存在。很久以前，古希腊的阿里斯塔克斯和埃拉托色尼就做过猜测，根据某些火山口的明暗变化，他们推测月球上有某种形式的植物。不过在如此极端的条件下，植物如何存活，还是很难想象。当时的猜测是，有可能存在某些原始形态的地衣苔藓，而且如果能看到它们维持生命的手段，一定会很有意思。

然而这样的猜测颇有些偏差。略作深思就应该想到，月球植物应该是高度专门化的。它们极其复杂，唯有如此，才能应付得了严酷的环境。原始的植物不可能在月球存活，这道理同原始人类不能在月球存活是一样的。

最普通的月球植物往往发育成肥胖的球状，同仙人掌差不多。它们有带刺的表皮，可以防止流失珍贵的水分，植株上还到处分布着斑点，那是些透明的“窗口”，可以允许日光透射进来。自然界的这项即兴创作也许会让许多人觉得吃惊，然而它却不是个例。在非洲也有些沙漠植物独立地进化成了这样的形态，因为它们也同样需要解决如何锁住阳光并防止水分流失的问题。

不过，月球植物也有其独有的特征，那就是它们天才的空气收集机制。那是一个精巧的封盖和阀门系统，颇有些像某些海洋生物的吸水器官。这类器官可以将水分纳入身体，其功能就好像一台压缩机。植物是耐心的，它们可以在巨大的岩石裂缝中等待多年。偶尔，月球内部会向外喷出二氧化碳或二氧化硫的轻云淡雾。这时候阀门就会疯狂地展开工作，透过气孔吮吸着每一个飘过身边的水分子，接着，一眨眼的工夫，这一缕水汽就会消散在稀薄得近乎真空的月球大气之中。

就是这样一方奇异的世界，如今已成了数千人的家园。这些人喜爱它的一切严酷条件，不愿回到地球。这里的生活简单，于是也就没有太多的事业前景和进取的动力。月球殖民地同地球之间有经济纽带，因而它们的关系紧密。然而事实上，它与大联邦的各行星有更多的相似之处。在火星、金星、水星上，人类正在开疆拓土，同大自然作战，这种经历同月球已经赢得胜利的战役非常相像。火星已经完全被征服了，它是地球以外唯一一个不需要人工辅助就可以任凭人类开放式行走的行星世界；金星之战也胜利在望，战利品则是地表面积三倍于地球的疆土；在别处，只剩下了几处前哨：赤日炎炎的水星和苦寒的外层空间是未来的挑战对象。

地球也在作此考虑。不过大联邦等得不耐烦了，再加上这位菲利普斯教授——他在动机绝对单纯的情况下，将这种不耐烦推向了极点。一篇科学论文使历史改辙，这不是第一次了，也不会是最后一次。

萨德勒没有见过造成乱局的那几页数学论文，不过他知道它所得出的结论。在六个月的培训期间，有人教了他很多东西。有些是在空荡的小教室里同其他六个男人一起学的。从来也没人告诉过他这几个男人的名字。不过相当大一部分知识，他是在睡梦中或是恍惚催眠状态下得到的。也许有一天，这些信息还会以同样的技术从他大脑里删除。

就这样，萨德勒了解到，月球的表面包括两种截然不同的地貌——阴暗区域即是所谓的“海”，明亮区域通常是地势较高的地方，也是多山的地带。在明亮地区分布着无数的月球火山坑，显然是从上古至今遭遇无数次爆发的结果。相比之下，月海则都是些平坦和相对光滑的地区。“海”里偶尔也有火山口、月坑和裂缝，不过它们同山地相比，在形状上要规整得多。

月海的形成似乎比山地晚，也比天火熊熊中形成的早期火山链年轻得多。然而，在古老得多的地貌凝结成形以后，月壳再次在一些地方熔化，然后形成了阴暗、光滑的平原地带，也就是所谓的月海。海内容纳着早期火山口的遗迹，还有像熔蜡一般坍塌下来的山陵，而“海岸”上则点缀着蚀毁过半的峭壁，以及一些几乎湮灭的环状平原。

科学家们长期为之努力的问题，如今由菲利普斯教授解决了，这个问题就是：为什么月球内部的热量仅仅从月海内特定的一些地区爆发出来，却没有去打扰那些古老的高地呢?

一颗星球的内热是由辐射产生的。所以，在菲利普斯教授看来，在巨大的月海下面一定蕴藏着丰富的铀矿以及与它相关的成矿元素和伴生元素。月球内部的熔融状物质潮汐般涌起又平息，平息又涌起，造成了这些元素在某些局部的集中。经过数千年，这些元素的辐射作用又熔化了高高在上的月海表面。

以往的两个世纪，人类带着所有想象得到的测量仪器和工具，踏遍了月球表面。他们利用人造月震确定了它的内部震动，还探测了月球的磁场和电场。多亏了这些观测，菲利普斯教授才得以为自己的理论找到了坚实的数理基础。

铀矿的矿脉位于月海以下很深处。铀矿本身再也不像20世纪与21世纪那样，具有重大的战略价值，因为裂变反应堆早已被氢反应堆所取代。但有铀矿的地方，就一定能找到其他重金属。

菲利普斯教授本人相当肯定地认为，他的理论没有实用价值。他所指出的所有这些大规模的矿藏都潜藏得太深了，任何形式的采掘都是无稽之谈。它们至少位于月面一百千米以下，在那个深度，岩层压力之大会使最坚韧的金属变成流动的液态，所以钻杆或钻孔连一瞬间的工夫也无法维持。

这似乎是个巨大的遗憾。菲利普斯教授下了结论，人类迫切需要这些撩人的宝藏，却必将永远无法染指。

萨德勒心想，身为科学家，实在应该懂得比这更多些。有朝一日，菲利普斯教授会大吃一惊的。

06

萨德勒躺在自己的铺位上，努力将心思聚焦在过去的一个星期。非常难以置信的是，他从地球来到这里仅仅是八天前的事，他在日记里分明记录下了这个日子，墙上的日历挂钟可以帮他确认。如果他对这两项记录都存有怀疑，他还可以登上地面，进入某一座观测圆塔。在那里他可以抬头看见凝住不动的地球，如今刚刚达到过圆满，正在开始亏缺。而他刚登上月球时，它才只露出四分之一张面庞。雨海上空正值午夜。这一刻距离未来的黎明和过去的日落同样遥远，然而月球的风景却在光明中闪耀。向地球发出挑战的是新星天龙。它的亮度已经胜过了历史上任何一颗恒星。对于萨德勒来说，绝大多数天文现象是生疏而遥远的，也不大可能掀起什么个人的情感。然而即使是他，偶尔也会“上楼”去看看这位北方天空的不速之客。那里是不是曾有过一个比地球更久远，更有智慧的文明世界？而他，是不是正在望着它的火葬？如此令人惊叹的现象，居然发生在人类出现危机的时刻，的确颇为奇怪。当然这只是个巧合，新星天龙是一颗距离较近的恒星，然而它死亡的信号已经传送20个世纪了。只有那些既迷信又一切以地球为中心的人，才会把这个现象看作一场有预谋的行动，一次对地球的警告。否则，对于其他太阳系的其他行星，如此景观又该作何解释？要知道，在它们看来，天空也同样地耀眼起来，甚至比地球有过之而无不及。

萨德勒将游荡的思绪收了回来，集中精神思量着他的正经事。他还有什么没有做的呢？他已经访问了天文台的每一个部门，见过了每一位重要人物，只剩下总监还未谋面。这位麦克劳林教授还需一两天才能从地球返回。而他的缺席倒是给萨德勒的任务带来了便利。因为人人都警告他，老板一回来，日子就没那么逍遥自在了，一切事务也都得通过“正当渠道”办理。萨德勒熟悉那一套，却并不偏爱。

床铺的上方，对讲机的喇叭弱弱地发出一声鸣响。萨德勒伸出一只脚，用凉鞋鞋尖踢中了接听键。如今他已经可以一记命中了，不过墙上淡淡的划痕却成了他“练功”的见证。

“喂，”他说，“你是哪位？”

“我这里是交通部。我要确定明天的名单了。现在还有几个空座位，你要不要一起来？”

“如果还有位子，当然，”萨德勒答道，“我可不想再受罪了。”

“好的——算上你了。”那人迅速地说完，挂机了。

萨德勒感到一阵很微弱的良心不安。经过一个星期紧张充实的工作，他也该到中心城去逛几个小时了。现在还没到同第一位联络人会面的时候，到目前为止，他的一切报告都是通过普通邮政寄出的，而且任何不明就里的人都不可能读懂这些报告。不过，趁现在去熟悉一下城市，时机刚好合适。更何况他如果不休假，在别人看来也是件古怪的事。

然而，他此行的主要原因却纯粹是个人的。他有一封信要寄出。他知道，天文台的信件要经过中央情报署的检查。到目前为止，他们对信里提到的事态度还比较冷淡，不过他还是喜欢让私事仅仅属于自己。

中心城距离太空港二十千米，而萨德勒此行以来还没有见过月球上的都市。单轨车驶进了麦迪库车站，车上载的人比驶向外埠的车多得多。萨德勒再没了生疏感。他同车里的每一个人都至少已经混了个脸熟。天文台几乎一半的员工都坐在里面，另外一半的人会在下星期休假。即使是新星天龙也别想干扰这条常规，因为这是人之常情，也是健康心理的保障。

一座座巨大的穹顶渐渐从地平线上隆起来。一点点灯火在它们顶端释放出光，若非如此，它们都会暗淡得毫无生气，萨德勒知道，它们当中有些可以在需要的时候变得透明。然而此刻，每一座穹顶都是不透光的，在月球之夜里保存着各自的热量。

单轨车从一座穹顶的底部驶入了一条隧道。萨德勒瞥着在他们身后合拢的大门，一对，又一对。他暗自忖度着，他们的警惕性还真高，真是谨慎求全啊。接着，气流在他们身边流过的声音响起，最后一道门在面前打开了，机车缓缓停在一处平台旁边——那是一座同地球上任何火车站一般无二的月台。透过车窗，萨德勒相当惊异地看到，有人在外面走动，而这些人竟没有穿太空服……

“你是专程要去什么地方吗？”趁着乘客从门口缓缓拥出去的当口，瓦格纳问道。

萨德勒摇摇头。

“不，我只是想到处逛逛，看看这里的环境。我想看看你们是在什么地方花钱消费的。”

瓦格纳不知道他是不是在开玩笑，也就没有主动要求当他导游，对此，萨德勒感到一阵释然。就眼下这种情形，他会更乐意独自行动。

他从车站走出来，发现自己正站在一道斜坡的顶端。长长的坡道一直向下通往那座布局紧密的小城市。下面二十米处是小城最主要的一层，他此前未曾意识到，整个穹顶结构是通过钻孔埋装技术深深地埋在月面以下的，为的是节省房顶的结构。在坡道旁边，有一条传送带，正在悠闲地把货物和行李送进车站。最近一处建筑显然是工业厂房，尽管维护得还不错，外观却有一点破旧，将来注定会比附近的车站、码头衰败得更快些。

萨德勒走到斜坡中段，才意识到头上顶着蓝天，太阳就在他背后闪耀着光芒，高天上的卷云远远地漂浮着。

这个假象太逼真了，一时间，他完全把它当真了，忘记了此刻正是月球的午夜。他久久地盯着这幅令人目眩的人造天空，却半点破绽也看不出来——太完美了。现在他明白，为什么月球的各个城市（就像天文台那样）虽然埋藏在地下，却依然坚持使用昂贵的穹顶了。

在中心城里没有迷路的风险。七个相互连接的穹顶中，有六个的街道分布采用了相同模式——放射状的大道与同心圆的环道相交，构成道路网。例外的一座是第五号穹顶，那里是工业和制造中心，基本上就是一座庞大的工厂。萨德勒决定不去理会它。

他随意逛了一阵子，想要找到对这个地方的“感觉”，因为他知道，在这么短的行程里，要想彻底了解这座城市是不可能的。中心城当即让他有所震动的是，它有个性，有自己独具的性格。哪些城市是有个性的，哪些又是没有的，这是件很难言传的事情。而萨德勒感到有些吃惊，因为这种人工造就的环境竟然也透露出了性格。紧接着他又意识到，其实所有的城市，无论月球的或是地球的，说到底，都是人工造就的……

道路都很狭窄，路上的车辆只有一种，即三轮敞开式汽车。它们巡行在街上，速度不及每小时三十千米，而且全都是用来载货而不载人的。萨德勒花了些工夫才发现了连接其他六座穹顶的自动传送系统。其实，那是一个环状的巨大传送带，只能逆时针运转。如果你想去右手边最邻近的穹顶，就只能兜个大圈了。不过环行一周也只要五分钟左右，所以这也就不是什么大问题了。

一号穹顶是购物中心和月球的时尚中心。这里还住着高级执行官和技师们——他们是级别最高的人，拥有自己的独立住房。大多数住宅建筑都带有天台花园。园中的植株都是从地球上移植过来的，由于引力小，它们都高大得异乎寻常。萨德勒睁大了眼睛搜寻着月球上的本土植物，却一丝踪影也见不到。

他不知道有一条严格的规定，即本土植物严禁带入穹顶内。因为这里富氧的大气环境会过分地刺激它们，令它们立即死去，而这些植株内的硫化有机物腐烂后，会发出难以置信的恶臭。

大多数来自地球的访客都集中在这里。萨德勒就像一尊站立了八个日夜的石膏神像，见证了月球的种种。现在，他发现自己正在用轻视的眼神打量着那些一眼就可以认出的新访客。他们当中许多人一进入城市就忙着租用负重带，因为根据普遍形成的印象，这才是最安全的措施。有人及时地向萨德勒指出了这条谬论，使他免受了这个小小的敲诈。不错，如果你背负铅袋，就可以避免一不小心在空中失重滑翔，甚至脑袋着陆的危险。然而惊人的是，居然极少有人意识到，重量和惯性是两个截然不同的概念，这些负重带的功效也是很不靠谱的。当一个人从静止开始动作时，又或是突然停下脚步时，他立即就会发现，尽管100公斤的负重在月球上只有16公斤，然而它在运动中所产生的冲力却与地球上一般无二。

萨德勒在稀疏的人群中走着，从一家商店逛到另一家，有时候会遇上天文台里的朋友。有些人已经买了大包小包的东西，做好了下周的必需品储备。绝大多数年轻些的同事，不管男女都结伴同游。萨德勒琢磨着，虽然天文台里的许多事情都能自给自足，不过总该保留些多元化的空间。

出乎他的意料，一个清晰的钟声般的音符响了起来，重复了三次。他四下环顾，却找不到声音的源头。一开始，似乎没有人注意到这个信号，不论它意味着什么。接着，他发现街上的人正在缓缓撤出，天空也渐渐暗了下来。

重云遮蔽了太阳。它们浓黑而破碎，太阳在它们后面溢出来，给它们镶了火焰般的花边。萨德勒再一次惊叹于这些穹顶图像的投影技术——因为实在太像了。即便是真的暴雨，也不过如此，第一声隆隆的雷声滚过天空的时候，他毫不犹豫地开始找地方避雨。即使街上的人还没有全部撤空，他也能推想得出，这场暴雨的组织者一定不会省略任何一个细节的……

当天边闪出第一道火舌，第一滴雨落下来的时候，一间路边的小咖啡店里已挤满了其他避难的人。萨德勒一向习惯在看到闪电后为雷声的响起计算秒数。这次，他数到六的时候，它来了。也就是说，源头在两千米以外，一定来自穹顶之上。这就露出了破绽，因为穹顶外是声音无法传播的真空地带。好吧，这毕竟是艺术家编导的一场大戏，实在没必要那么吹毛求疵。

雨下得越来越大越来越猛，闪电也越来越频繁。路上雨水横流，萨德勒第一次注意到了浅浅的雨水槽，纵然他此前看到过它们，也一定会不假思索地当场忽视。在这里，任何想当然都是靠不住的。你不得不时刻停下来，问上一句：“这东西有什么功能？”“它在月球上是用来做什么的？”“它会不会完全不是我猜想的那种东西？”当然，他现在开始考虑到，中心城里看见雨槽的意外程度不亚于见到一台扫雪机。然而，也许连……

萨德勒转身看着身边距离最近的一个人，只见他正在望着暴雨，显然是充满了惊叹和敬意。

“对不起，”萨德勒问，“请问这种现象多久出现一次？”

“一天大约两回——月球的一天，是啊，”那人答道，“一向会在几小时之前预告的，那样就不会影响大家做生意。”

“请恕我好奇，”萨德勒虽然担心自己太穷追不舍，却还是继续问道，“不过我看见你们这么狼狈躲雨，觉得很吃惊，真的有必要弄得这么真实吗？”

“也许不必，不过我们喜欢这样。我们总得有点雨，别忘了，这地方总得保持清洁，除尘除垢。既然如此，不妨做得彻底些。”

如果说萨德勒对这样的解释还有什么疑问，那么一道绚丽的重影彩虹从云层中映出来的时候，这些疑问也就全数消散了。最后一滴雨水落在人行道上，雷声平息下来，变成像是带着怒气的轻声嘀咕。表演结束，雨水还在泛着粼粼闪光，中心城的街上又恢复了生气。

萨德勒留在咖啡店里用餐，经过一番略有些艰难的还价，他赢得了稍稍低于市场的价格。让他多少有些惊奇的是，食物竟然很美味。所有的东西一定是人工合成，或是在酵母和球藻的罐中培养出来的，然而它们的搭配和炮制却很见功力。萨德勒沉思着，地球上的问题，就在于他们会把食物当成一件不在话下的寻常事，于是不给予应有的重视。而相比之下，在这里，食物不再是慷慨的大自然能够随时供给的东西——从计划到生产必须从零开始。因为必须下一番工夫，所以大家会认为事情得做得彻底、到位。就像这天气，其实……

时间到，他该动身了。送往地球的邮件两小时后就会递出，如果他错过了，珍妮特就得再等上地球时间的一个星期才能收到信。她已经焦虑不安地等了太久了。

他从口袋里拿出尚未封口的信，又重头读了一遍，看看有没有需要修改的地方。

我最亲爱的珍妮特：

我真希望能够告诉你我现在在哪里，不过我不能。这不是我的本意，但是我被选中担当一项特殊的工作，我必须竭尽所能把它做好。我很健康，可就是不能同你直接通话，我给过你一个“一号信箱”，你发往那里的所有信件迟早都会递到我手里的。

我们结婚纪念日都不能团聚，我也为此气恼，不过请相信我，对此我是彻底的无能为力。但愿你顺利收到了我的礼物——也希望你喜欢它。为了找到这款项链，我花了很长时间，我也不打算告诉你它的价钱了！

你是不是非常想我？上帝啊，我多么想再次回到家里！我知道我不在的时候你又伤心又焦急，但我希望你能相信我。我没有告诉你发生了什么事，也希望你能理解。你当然明白，我和你一样想要乔纳森·彼得。请把你的信任交给我，不要认为我很自私，也不要因为我的表现而认为我不爱你了。我实在是有不得已的理由，有朝一日我会告诉你的。

总而言之，别担心，别焦躁。你知道，我会尽快赶回家的。我向你保证，一旦我再次回家，咱们立刻就去办。但愿我能知道还要等多久。

我爱你，我的宝贝——永远别怀疑这个。这是份艰巨的工作，你对我的信任和忠诚将鞭策我前进……

他极为认真地读了一遍，又花了一段时间，努力忘却它的含意，而把自己假想成一个正在读信的陌生人。会不会泄露什么玄机呢？他认为应该不会了。也许它还不够严谨，然而毕竟没有暴露自己所处的地点以及工作的性质。

他封好了信封，写好姓名和地址。接着，他做了一件事，严格地讲，这是对他自己誓言的直接违背，他将封好的信塞进了另一个信封里，又在封壳上写了地址和一封短信。这是写给他在华盛顿的律师的：

> 亲爱的乔治，你要是见到我所在的地方，一定吃惊不小。珍妮特还不知道，我不想让她担心。所以，请将附在信封里的信通过离你最近的邮筒寄给她。我当前所在的地点要绝对保密。改天我会解释一切的。

乔治会对真相作一番猜想的，不过他也会像中央情报署的那些人一样，妥善保守秘密。萨德勒想不出别的什么方法能滴水不漏地将信送给珍妮特了，他也做好了准备，打算小小地冒些风险，为了自己，也为了她，图个安心吧。

邮局在中心城里很难找，他打听了去最近一家的路，来到门口，将信滑入了寄件的槽口。几小时之内，它就会被送往地球，明天这个时间之前，它就会被递到珍妮特手里。他只盼她能够理解——或者，倘若她不理解，至少可以暂时不妄作结论，等到他们重逢的时候再作理会。

在邮箱旁边有一个报亭，萨德勒买了一份当天的《中心城新闻》。单轨车回程去天文台之前，他还有几个小时，如果小城里有什么有意思的事情，当地报纸上想必会报道的。

政治新闻所占版面很小，萨德勒估计连最宽松的政审也是多此一举。如果仅仅浏览大标题，谁也不会意识到一场危机正在发生，要想找到有意义的内容，必须在字里行间仔细搜寻。例如，在第二版的底部有一则报道，说的是来自地球的一架飞船，在火星上遭遇了检疫方面的麻烦，因而不允许着陆，而另一架飞船在金星又不准起飞。萨德勒非常肯定，真正的问题源自政治，而不是卫生防疫——大联邦方面越来越强硬了。

在第四版还有更激发思维的新闻。在木星的范围里，有一班勘探队员在一颗偏远的小行星上遭到了拘捕。对他们的指控似乎是违反了太空安全条例。萨德勒怀疑这是个莫须有的指控——同时这些勘探队员也是冒充的，估计他们就是中央情报署的几名特工。

在报纸的中心版面上，有一篇相当幼稚的社论，低估了情势的严重性，充满信心地认为理智的判断力会占据上风，前途依然乐观。萨德勒对理智的判断力不抱什么幻想，于是继续翻看着当地新闻。

一切人类社会，不管处在太空的什么地方，都具有共同的模式。人们出生，死后火化（小心地保留着骨灰，其实不过就是一抔磷肥和硝酸钾），其间匆匆步入又步出婚姻，从城市搬出，起诉他们的邻居、参加派对、集会抗议、遭遇惊人的事故、给编辑写信、调换工作……是啊，和地球上是一样的。这样的想法让人多少有些沮丧。人类大费周章地离开自己的行星世界，在星际跋涉，经历的生活却同原先大同小异，这又是为了什么？要是没有这一番折腾，他大可以留在家中，而不必带着自身所有的弱点，被放逐到地外的另一个世界了。

你的工作让你变得愤世嫉俗了，萨德勒对自己说。还是看看中心城有什么娱乐项目吧。

他刚刚错过了四号穹顶里的一场网球赛，本来是值得一看的。正像有人对他讲过的，在这里网球的质量同地球的一样。不过这里的球是像蜂房一样带着洞的，可以增加它的空气阻力，运行距离也就和地球上的球相当了。如果没有这样的措施，奋力一击就可以将球从穹顶一端打到另一端。然而，这些经过处理的球具有非常独特的运行轨迹，足以使习惯了常规引力下球路的人们大感崩溃。

在三号穹顶，有一场全景电影，观众可以全程体验亚马逊河谷（如果想要，还有蚊虫叮咬），每隔一个小时开演一场。

刚从地球来的萨德勒没有立即回去一趟的欲望，何况他觉得刚经历的那场暴雨已经是一场精彩的全景电影了。照理推想，这一部的创作手段应该是相同的，都是广角投影仪的杰作。

最终让他着迷的是二号穹顶内的游泳池。这可是中心城体育馆的招牌项目，天文台员工频频造访的场所。月球生活的职业风险之一就是缺乏锻炼，以及由此带来的肌肉萎缩。不管什么人，离开地球几个星期后再回到家，都会非常严重地感到自己体重的变化。然而，萨德勒之所以走进体育馆，却是因为想要练一些花样跳水的动作，那些都是他在地球上不敢尝试的——在地球上，人在一秒钟之内就会下坠五米，接触水面时的动能也要大得多。

二号穹顶在城市的另一端，萨德勒想要节省些体力，于是就去乘坐地下传送带。然而他却没有坐上允许随时“下车”的慢行道，所以还来不及改乘，就被强行带到了三号穹顶。他没有选择乘“地铁”环行一周，而是重新步行回到地面，穿过了连接各个穹顶间相邻点的短距离通道。在所有相邻点上都有自动开关的大门，一旦任何一边的大气压下降，它们就会立即封闭。

似乎半数的天文台员工都在体育馆里锻炼。莫尔顿博士正在划船机上操桨，还用一只眼急切地瞥着记录划桨次数的数字。总工程师先生正依照指令紧紧闭着双眼，站在紫外线管的圆环中心里，在奇异的光晕中为自己补充着古铜的肤色。外科诊所的一位医学博士正在拳打沙包，他打得极其凶恶，以致萨德勒只盼着再也不要与他单独会面。有一位面色严峻的人物，萨德勒认为他应该是维修部的，他正在尝试着举起一吨重的杠铃——尽管这里是失重环境，看着这样的表演还是让人惊叹。

余下的人都在游泳池里，萨德勒迅速加入了他们的行列。他不太确定自己会有何感受，不过此前，他多少会认为在月球上游泳一定与地球上的经历截然不同。然而事实上，两者完全一样，重力场的差异造成的唯一效果，就是这里的波浪高得出奇，而他们在池中的速度也慢得出奇。

如果萨德勒不做什么非分的尝试，跳水就进行得很顺利。落水的过程中还可以悠闲地欣赏周围的环境，这种感受的确很棒。然而接下来，萨德勒壮起了胆子，从五米的高度尝试空翻。无论如何，这只是相当于地球上一米的高度啊……

不幸的是，这一次他完全误判了，于是多转了半个圈——也可以说少转了半个，肩膀先进入了水面。他忘了，如果着陆的位置不对，再低的高度也会让人受伤的。经过了这一下，他的腿有些跛，身上也像遭了痛打一样疼，只得爬出了泳池。水纹呆板地荡漾开去，慢慢消散。这时萨德勒才决定，这种炫耀的表演，还是让更年轻的人去做吧。

经过这一番周折，他注定要在离开体育馆时与莫尔顿和其他几位熟人相见了。他很累，却也很满足，感到自己又体验了不少月球的生活方式。

单轨车驶出车站时，萨德勒靠在座椅里，一扇扇巨门在他身后关闭。云朵点缀的蓝色天空此时换成了残酷、现实的月球夜空。地球挂在天上，毫无变化，同几个小时前他见到的一样。他找不到夺目的新星天龙，这才想起，到了这个纬度，天龙已经藏在北方的月球地平线下了。

一座座黑暗的穹顶渐渐沉没在地平线下面，丝毫没有露出生命的迹象。他望着它们渐渐消失，突然被一个沉闷的想法震动了。人类构筑了这些，用来抵御自然的逆境，然而这些穹顶一旦面对人类自己的狂怒，又将变得何等脆弱啊！

07

拖车向柏拉图平原的“南墙”驶去。“我还是觉得，”哲美森说道，“老男人听了这事儿，一定会有一场大吵大闹了。”

“他为什么要吵呢？”惠勒问道，“等他一回来，一定忙这忙那的，没工夫和我们烦了。再说，我们自己掏腰包支付了我们用掉的燃料。好了，你就别担心了，自己开心点吧。别忘了，今天是咱们的休假日。”

哲美森没答话。他的注意力都集中在前方的道路上——如果那也能称之为道路的话。其他车辆驶过这条路的唯一痕迹，是偶尔出现在沙尘中的车辙，因为在没有风的月球上，它们将永久留存，所以就用不着别的路标了。不过一路上偶尔还是能看到令人不安的标牌，上书：“危险——前方有峭壁！”或

“紧急事故氧气供应——前方十千米。”

在月球上做长途旅行只有两个方法。高速单轨机车连接着各个殖民基地，这个途径既迅速又舒适，而且有固定的发车时间表，然而轨道交通覆盖的地方非常有限，而且由于成本的原因，多半也只能维持现状了。要想不受限制地在月球表面周游，你就得乘上涡轮动力的大功率拖车，也就是所谓的“毛毛虫”，或简称为“毛虫”。事实上，它们就是装配在一组轮胎上的小型飞船，即使在崎岖得骇人的月面上，它们也可以横行无阻。在地形平坦的地方，它们可以轻松地达到一百千米的时速，不过通常情况下能开到一半的速度就不错了。由于引力较小，加上在必要时它还能降下毛毛虫般的“附足”，这种拖车可以攀上险峻的坡面。在发生紧急状况的时候，它们还能用内置的绞盘将自己垂直吊上悬崖。如果是较大型号的拖车，一个普通人可以在巨大的车厢里住上许多个星期，毫无不适。所有对月球的详尽探索，就是勘探队员们驾驶着这种顽强的“小车”完成的。

哲美森是超级专业的司机，对道路极为熟悉。然而，惠勒却感到神经紧张、难以平复。对于月球的新访客来说，通常需要花一段时间才能明白，只要认真对待，即使处在陡坡套陡坡的严酷环境，照样可以绝对安全地行驶。惠勒是个新手，或许这倒是件好事，因为哲美森的驾驶技术太不正规了，如果此时的乘客经验较丰富些，恐怕会忍不住发出警告的。

哲美森是怎么变成这样一个又鲁莽又卓越的司机的，这个富有玄机的问题引起过同事间的广泛讨论。正常情况下，他是个辛勤而谨慎的人，如果没万全把握，他不喜欢做出格的表演。没有人见过他真正气恼或振奋的样子。不少人认为他懒，不过这是诽谤。他会许多个星期持之以恒地做某项观测，直到结果完全没有异议为止——然后会把它搁置在一边，两三个月以后再去理会。

然而一旦他掌控起了“毛虫”，这位沉静、平和的天文学家就变成了一位不怕死的司机，而且驾驶着北半球几乎所有的拖车，创造过非官方记录。这其中的原因埋藏得很深，恐怕哲美森自己也没意识到，那是源自他当太空船飞行员的童年梦想——一个因为心性不定而破灭的梦想。

从太空，或者从地球上用天文望远镜望去，柏拉图平原的“墙”看上去是一道巨大的屏障，阳光斜照的时候最便于观察。然而实际上，它们还不足一千米高，而且，只要在众多的通道当中选择一条适当的捷径，要驶出火山口进入“雨海”，并不是件很困难的事。哲美森从群山中穿越出来，花了不到一个小时，不过惠勒倒是巴不得这段路再开得久些。

他们在一处高峻的断崖处停下，俯瞰着平原。在正前方，耸出地平线的是金字塔般的皮科峰。在右边，向东北方蔓延的是更加崎岖嶙峋的特内里费山脉的群峰。这些山峰中只有极少数有人攀登过，因为到目前为止，还没有人愿意为此耽误工夫。绚丽的地球之光为它们镀上了奇异的蓝绿色光辉，与它们在白天的景观形成了奇怪的对比——阳光下的群峰，会被无情地漂白，衬着墨黑的阴影。

哲美森悠悠地看着景色，惠勒却开始用一副高倍望远镜搜索着什么。找了十分钟后，他放弃了，半点异常的东西也没看到。他对此也不吃惊，因为破例造访的火箭往往是在地平线下面的那块区域降落的。

“咱们继续往前开吧，”他说，“几个小时就能赶到皮科山了，咱们可以在那儿吃晚餐。”

“接下来又怎样呢？”哲美森用顺从的口气回应道。

“要是我们看不到什么，就像乖孩子那样回来。”

“行，不过你会发现从现在开始路就不好走了。我想去过前面的拖车总数不超过二十辆。为了让你振作些，我可以告诉你，其中包括了咱们的费尔迪南德号。”

他开动了拖车，小心翼翼地绕过一处巨大的斜坡——那里有累积了数千年的碎裂山岩。这种山坡是极其危险的，哲美森没有冒险，而且他一向都会远远地绕开这样的陷阱。缺乏经验的司机就会乐呵呵地沿着滑动的坡底奔驰，不假深思——百分之九十九的情况下倒也能安然通过。哲美森却见识过那百分之一的状况。滚石挟着尘沙如波涛般涌来的时候，拖车会被吞噬，没有人能侥幸逃脱，因为任何营救举动只会引起新一波的滑坡。

从柏拉图平原的“外墙”驶出的路上，惠勒开始明显地感到不开心。很古怪，墙外看起来明显不如内侧陡峭，他本以为旅途会比先前平坦得多。他没有考虑到哲美森的用意：趁着地形平一些，加速赶路。然而这样一来，费尔迪南德号的颠簸摇摆就格外厉害了。此时，惠勒躲进装备完善的车厢后部，在司机看不见的地方藏了一段时间。等他回来的时候，他相当气恼地说道：“没人告诉过我在月球上还会晕车呢。”

此时的风景相当令人失望，通常从高地下降至月球的低地时，都是这么个情况。地平线太近了——只有两三千米远的距离，给人一种紧迫而被围困的感觉。似乎除了一圈岩石环抱，再没有别的东西。这种错觉太强烈了，人们都会把车速降至不必要的程度，大概是在下意识里担心自己会从诡异而迫近的地平线边缘坠落下去。

哲美森稳健地驾车行驶了两个小时，直到皮科山的三连峰占据了前方的天空。曾经，这座雄伟的大山也是一座火山口“外墙”的一部分，而这座火山同柏拉图是一对孪生兄弟。然而很多年前，从雨海漫延而来的岩浆把直径一百五十千米的圆环冲洗了一番，只留下了形单影只的皮科山。

身为游客的他们停下车，打开了几包食物，用压力壶煮了些咖啡。月球生活有一个小小的不适之处，那就是喝不到很热的水——在人工营造起来的有氧低压条件下，水在七十摄氏度就沸腾了。然而经过一段时间后，人们都习惯了这种半热的饮用水。

在他们收拾餐后残局时，哲美森对他的同事说：“你真的还想进行到底吗？”

“只要你觉得这样安全。那些‘墙’从这里看起来好陡啊。”

“只要你按我说的做，安全是没问题的。我只是不知道你现在感觉如何。到时候，要是你在太空服里呕吐，那可再糟糕不过了。”

“我没事。”惠勒很有尊严地答道，接着，又一个念头让他心头一震，“我们会在外面多长时间？”

“哦，大概几个小时。最多四小时吧。你要是想挠痒痒，最好趁早。”

“我不是担心这个。”惠勒顶回了一句，然后再次躲进了后车厢。

惠勒已经在月球上住了六个月了，但穿太空服户外行动还没超过二十次，大多数都是为了参加紧急状况演习。观测人员进入真空户外的情况是非常少见的，他们的大多数设备都可以遥感控制。然而他不完全是个新手，尽管还在谨慎学习的过程中，不过比起那些没心没肺、过分自信的新手，他要牢靠得多了。

他们通过地球转接，呼叫了基地，报告了他们的位置和行动目的，互相调整好对方的设备。先是哲美森，然后是惠勒，依次背诵了各个字母的提示语：“A是Airlines的A，B是Batteries的B……”乍一听起来很幼稚，但这是月球生活的例行项目，没有人把它当作儿戏。当他们确信所有设备都状态绝对良好的时候，才打开气闸的门，踏上了尘封的荒原。

同大多数月球山脉一样，皮科山脉远观近看都显得很高大。它有几处垂直的峭壁，然而这些总是可以绕开的，而且登山时极少需要攀爬45度以上的陡坡。在六分之一的引力场中，即使穿着太空服，爬山也不是很困难的事。

然而，攀登半个小时后，惠勒由于不习惯用力的方式而出汗喘息起来，他的面罩蒙了很厚的水雾，于是不得不从面罩的角落处向外瞥望着。尽管他倔强地不肯要求放慢速度，哲美森提出歇息的时候，他还是欣然同意了。

此时他们高出平地大约有一千米了，可以向北望见约五十千米远的地方。他们遮挡着耀眼的地球之光，开始搜索。

只花了一会儿工夫，他们就发现了目标。在原地与地平线之间距离一半的地方，有两枚很大的载重火箭，好像两只丑陋的蜘蛛般站立在展开的起落架上。虽然它们的体形不小，不过比起那座奇异的、耸出平原的穹顶结构，它们都是侏儒。这不是寻常的气压仓穹顶——它的比例完全不对。它看起来几乎像一个完整的球体，只不过一部分埋在了地下，四分之三的体积露在了地表上。惠勒的望远镜装有特殊的目镜，隔着面罩也能使用，他能看见一些人和机器在穹顶下面来回移动着。有的时候，一些尘沙如云团一般向空中腾起，又落下来，似乎是在进行爆破作业。他心想，这是月球上的又一桩怪事。人们习惯了地球上的环境后，绝大多数物体在弱引力场中看起来坠落得非常慢，但是尘沙显得下坠过快了——它们同其他物体的速率是一样的，那是因为月球上没有阻碍它下坠的空气。

哲美森也透过镜片仔细查看了一番，接着，他说："好吧，有人在这里花了大把的钱。"

"你认为那是什么？矿床？"

"有可能，"哲美森回答着，语气一如既往地谨慎，"也许他们决定就地对矿藏采取措施了，而他们的全部开采场地就在那穹顶里面。不过这也只是猜测——我以前肯定没见过这种场面。”

“不管它是什么，我们一个小时内就能到它面前。咱们要不要走近些，看个究竟？”

“我就猜你会这么说。我不知道这样做是不是非常明智。他们也许会坚持让我们留在原地。”

“你读了太多吓唬人的文章了。没什么人会觉得战争将近，而我们则是间谍。他们不能拘押我们，天文台知道我们的位置，要是我们没回去，总监就会大闹一场的。”

“我认为我们就这么回去了，他的反应会更剧烈，所以索性一不做二不休吧。来，下坡去更容易观察。”

“我从来没说过在上面有什么困难啊。”惠勒抗议道，不过有些底气不足。几分钟后，他跟随哲美森走下山坡，此时一个念头令他心头一震。

“你认为他们会不会正在监听我们？如果有人发现了这个频率，那咱们说的每个字他们都听见了。而且不管怎样，我们就在视线以内啊。”

“谁会这么多事？除了天文台的人，没人会收听这个频率，而且天文台的人听不见我们的，毕竟一路上还有那么多大山。

听起来倒像是你心里有愧——听了你这话，别人会以为你又要说什么没规矩的言语了。”

这句话指的是惠勒初来时的一个不幸的小故事。从那以后，他对讲话的私密性就格外留意。在地球这根本不是问题，然而到了这里，一旦穿上太空服，任何一个身在无线电功率范围内的人都可能听到你的话，哪怕悄声耳语也无法保证不被人听见。

他们降到了地平面的高度，眼前的视野也相应地收缩了，好在他们小心翼翼地确定了方位，所以，当他们回到费尔迪南德号的时候，也不用担心找不到路。现在，哲美森驾驶得格外小心谨慎了，因为这是他们以前从未驱车到达过的地方。经过了近两个小时的跋涉，神秘莫测的穹顶方才高高地耸出了地平线。又过了片刻，运载火箭的箭筒也出现了。

惠勒再一次将车顶的天线对准了地球的方向，然后呼叫天文台，向他们解释自己发现了什么，又打算做什么。他没等对方出言阻止，就挂断了通话——由此可见，信号往返传输近八十万千米的通话是多么惹人发狂，更何况，通话的对方仅仅在一百千米之外。然而除此之外没有别的办法实现地面间的长途通信，一切地平线以下的地方都会遭到月球屏蔽作用的遮挡。不错，长波信号有可能可以传播得远一些，因为它可以从很稀薄的月球电离层反射回来，但是，这种方法不太可靠，不能做到长期稳定地保证通信。最现实有效的办法，是将月球的无线通信维持在视线距离以内。

眼看着他们的到来造成了骚动，这是件非常有趣的事。惠勒认为这一切颇像用一根木棍招惹一大群蚂蚁。只过了很短的时间，他们发现周围已经到处是拖车、月球推土机和牵引机，还有兴奋的、穿着太空服的人们。由于太过拥堵，费尔迪南德号不得不停下来。

“随时随刻，”惠勒说道，“他们都会向卫兵报警的。”

这下哲美森不觉得好玩儿了。

“你不应该开这样的玩笑，”他责备地说，“他们很敏感的。一下子就能发现真相。”

“瞧瞧，接待委员会的委员来了。你能看清他头盔上的字吗？‘安2’，对吧？我猜那意思是‘第二安全区’。”

“也许。不过‘安’可能直接表示‘保安’。好吧——这可都是你的主意，我只是个司机。”

这一刻密封舱的舱门响起了一连串蛮横的敲击声。哲美森按动键钮，打开了舱门，又过了一阵子，“接待委员”在车厢里摘下了他的头盔。他是个五官锐利的灰发男子，满脸担忧的表情，看起来像是生来如此。显然他并不乐意见到他们。

他心思沉重地向惠勒和哲美森打过招呼，两位天文学家则向他报以最友善的微笑。“我们在这一带不怎么见到访客。”他问，“你们到底是怎么进来的？”

惠勒心想，前一句话，是他长久以来听到过的最好的外交辞令了。

“今天是我们的休假日——我们是天文台的。这位是哲美森博士，我叫惠勒，我们两个都是天体物理学家。我们知道你们在这一带，所以决定过来看看。”

“你们怎么知道的？”对方刻薄地发问了。他至今也没作自我介绍，这在地球上就算是无礼了，在这里更是惹人厌恶。

“也许你听说了，”惠勒温和地说道，“我们天文台拥有一台，也许是两台相当大的天文望远镜。而你们给我们造成了不少的麻烦。我，就我个人来说，有两份光谱分析图被火箭的强光破坏了。所以，想必你们不会责怪我们的好奇多事吧？”

质问者的唇边掠过一丝浅浅的微笑，随即又消失了。

“好吧，我想你们最好跟我去办公室，做几项检查，不会太久的。”

“什么？月球上难道还有什么地方是私人产业了？”

“对不起，不过这里一贯就是如此。来吧，请。”

两位天文学家钻进了他们的太空服，跟着他穿过了密封过渡舱。除了自觉无辜和不平，惠勒此刻还感到一阵琐碎的担忧。他已经开始设想所有不开心的画面，回顾记忆中他所读到的那些间谍故事：被隔离问讯，必须面对砖墙，唯有初升的太阳给他一点点安慰。

他们被带到了巨大穹顶边，那是一扇自然地同穹顶圆弧相吻合的门。接着，他们发现自己所在的空间恰好由穹顶的内墙和外墙合围而成，那是由一双同心球体形成的结构，一些透明塑料的复杂网状结构支撑起两球间的空间，连脚下的地板也是同一种材料。惠勒认为这很古怪，不过他没有时间仔细考察了。

那人匆匆导引着他们，也不多作解释，急切得几乎一路小跑起来。倒好像是他想尽可能不让他们看到太多东西。他们穿过第二道密封过渡舱，来到了穹顶的内球里。在这里，他们脱下了太空服。惠勒郁闷地担心着何时才能将衣服再发还给他们。

依据过渡舱的长度可以判断，穹顶内墙的厚度一定是巨大的，当他们面前的那扇门打开的时候，两位天文学家立即嗅到了一股熟悉的气味。是臭氧。就在某处，不太远的地方，有高压电气设备。这倒没什么可大惊小怪的，不过这又是一桩值得留心以备将来参考的事情。

过渡舱门打开，通向一个走廊，走廊两侧是一道道门，门上印着数字或标志，如“私人空间”“仅限技术人员”“信息”“中央控制”，等等。惠勒和哲美森都不能从这些标志中推想出太多的信息，他们只是深思着面面相觑，最后在一间标有“保安”的房门口停下来。哲美森的眼神清楚地向惠勒表达着他心里的话：“我早告诉过你了！”

隔了片刻，显示板上亮起了“进来”，自动门滑开了。眼前是一间再普通不过的办公室。一名面容坚定的男子，气势逼人地坐在一张硕大的写字台后面。看那写字台的尺寸，本身就是一道宣言——在这里，金钱不是问题。两位天文学家可怜巴巴地将它同他们以往熟悉的办公室设备作着比较。在房间的一角，立着一台设计得格外复杂的远程电子打印机，四壁的其余空间摆满了文件柜。

“好吧，”这位保安部的官员说道，“这些是什么人？”

“两位天文学家，来自柏拉图平原的天文台。他们刚刚开着拖车不请自来，我想也许你应该见见他们。”

“太应该了。请问，二位的姓名是？”

接下来是无聊的四分之一个小时。保安方面缜密地记录了有关细节，又同天文台通了话。惠勒沮丧地想，这下他们可捅马蜂窝了。他们在信号收发部的朋友们为了预防意外，记录下了他们的每一步进展，这一下，他们不得不将他们的出走正式上报了。

最后，他们的身份确认了，雄伟书桌后的男子带着有些迷惑的态度向他们致以问候。此时他的眉头舒展了，然后开始向他们发表讲话。

“当然，你们也意识到了，你们带来了一些麻烦。我们在这样的地方，根本没料到会有人来访，要不然我们早该贴出告示让你们回避了。不用问，我们有办法侦测到任何想要靠近的人，即便你们不是这么大咧咧地开过来，我们也能查出来。

“不过，瞧瞧，所幸也没造成什么损害。你们大可以猜想这是个政府的工程，而我们不想多作解释。我必须得送你们回去了，不过我希望你们办到两件事。”

“什么事？”哲美森猜疑地问道。

“我要你们保证尽可能不再谈起这次访问。你们的朋友会知道你们去了哪里的，所以你们不可能完全保密。只是不要再拿它作谈资了，就这样子。”

“很好，”哲美森同意道，“那第二件事呢？”

“如果有人不断地问你们，还对你们这场小小的历险表现出特别的兴趣，立刻报告。就这些了。我祝你们回程愉快。”

五分钟后，回到“毛虫”里，惠勒依然在发脾气。

“这个那个的，说了那么多发号施令的话！到最后连烟也没给我递一支。”

“我宁愿这样想，”哲美森温和地说，“我们这么轻易地出来，已经很走运了。他们可是如临大敌似的。”

“我倒想知道这敌是什么。你看看，这像不像一座矿井？为什么要在月海这种矿渣堆一样的地方开采呢？”

“我认为，这一定是座矿井。开车上来的时候，我注意到在穹顶另外一侧有个东西，非常像钻井机。不过这还远远不足以解释整场阴谋到底是怎么回事。”

“莫非他们发现了什么，又不想让大联邦那边知道？”

“如果是那样，我们更别想弄明白了，算了，最好别消耗脑力了。还是想想现实的问题——咱们现在该往哪里去？”

“还是坚持原计划吧。这次以后，要等一段时间才有机会再次开上咱们的爱车‘小费’了。咱们最好珍惜这一次。再说，从地面上面对面看看虹湾是我一直以来的宏愿，这是说真的。”

“那地方还要从这儿往东足足三百多千米呢。”

“是啊，可你自己说过，一路上很平坦的，只要我们避开山地就好。五个小时应该够了。你要是想休息，我的驾驶技术现在也够用了。”

“没有人到过的新路咱们不能走，那太危险了。不过我们可以折中一下。我最远可以把你带到拉普拉斯月岬，你可以看看月海的海湾。然后，可以由你来开车回家，沿着我留下的车辙。不过我得提醒你，别开偏了。”

惠勒欣然接受了。他一直有些担心，怕哲美森取消行程，溜回天文台，但他也认为自己的要求对朋友不太公平。

接下来的三个小时，他们先沿着特内里费山脉的一侧攀行，随后突破平原来到斯特雷特山脉。这是一组孤立的山峰，同磅礴的阿尔卑斯山相比，它们犹如微弱回声。现在，哲美森更加集中起精神，稳健地开着车。他正在驶向陌生的区域，所以半点不敢冒险。他不时地指点着著名的地标，惠勒在一旁对照着查看摄影地图。

在斯特雷特山脉以东十千米的地方，他们停下来用餐，打开了天文台厨房为他们准备的食盒。车厢的一角装配成了一间小小的厨房，不过不到紧急情况他们是不打算使用它的。惠勒和哲美森都擅长做饭，也不觉得烹饪有什么乐趣，更何况，现在应该是休假的时候……

“哲美森啊，”嘴里塞着三明治的惠勒突然间说道，“你认为大联邦怎么样？他们的人，你见过的比我多。”

“是啊，我喜欢他们。真遗憾上一拨人走的时候你不在场，天文台接待了他们一行十二个人，他们是来学习安装天文望远镜的。他们打算在土星卫星上建造一台一千五百厘米的仪器，你知道吧。”

“那可是个大工程。我总是说我们这里离太阳太近了，在他们那儿一定能更清楚地观测黄道光，还有内位面上其他那些乱七八糟的东西。我们要是政治家或国家公务员该多好，那就能拿出不一样的方案了。”

“胡说，我们本来就是公务员！前些日子那个萨德勒还提醒我这个事儿呢。”

“是啊，可至少我们是科学公务员——那可是相当不一样的概念。我能看得出来，他们并不太关心地球会怎样，尽管他们礼貌周到，决不肯把这种话说出口。毫无疑问，他们对金属资源的分配也已经不耐烦了，我经常听他们抱怨这个事儿。他们的主要论点是，他们在开发外层行星中遇到的困难比我们的大得多——而地球所使用的资源又一般都是浪费掉的。”

“你认为哪一方是对的呢？”

“我不知道，要了解所有的事实真相太难了。不过在地球上有很多人害怕大联邦，不愿意再让出更多的权力。联邦那边也知道这一点，也许有一天他们会先把资源抢到手，然后再谈判。”

哲美森将餐后垃圾拢作一堆，抛进垃圾桶里。他瞥了一眼精密时钟，然后一个跃步坐在了驾驶员的座位上。“时间到，又该出发了。”他说，“按照原计划，咱们已经晚了。”

他们从斯特雷特山脉向东南兜转，现在，拉普拉斯月岬的雄伟身影已经出现在地平线上。他们绕过它的时候，看到了一个不和谐景象——一辆压扁的“毛虫”拖车的残骸，在它的旁边还有一堆石头，粗略地堆成纪念碑，上面立着一副金属十字架。拖车似乎毁于自己的燃料箱爆炸。这种型号的车已经淘汰了，惠勒以前从来没见过。哲美森告诉他，这已经是将近一百年前的事了，他听了丝毫不觉得惊讶。即使再过一百万年，残骸的面貌也不会改变。

他们绕过了月岬。这时，雄伟的虹湾（这个名词的拉丁文直译就是“众多彩虹的海湾”）北墙影进入了视野。上古时，虹湾本是一座完整的环形山——月球上最大的、屏障围绕中的平原。不过一场大灾变形成了雨海，也毁掉了虹湾的整堵“南墙”。于是如今只剩下了半圆形的海湾。海湾的两端，拉普拉斯月岬和赫拉赫勒斯月岬遥遥相望，怀想着当年它们由四千米高山连为一体的岁月。这些湮灭的群山，如今只剩下几处山脊和低矮的小丘。

雄伟的峭壁如同一排站立的巨人，抬头望着地球。拖车绕过它们时，惠勒很安静。绿色的光从他们的两侧流泻下来，照亮了这些构成“墙壁”的台地，显露出它们的每一处细节。从来没有人攀登过这些高地，不过惠勒知道，终有那么一天，人类会站在它们的巅峰上，凯旋般地遥望海湾。想来有些奇怪，历经二百年，月球上还有那么多地方人类没有涉足过，还有那么多地方，人类必须凭自身的努力和技巧才能到达，没有办法依赖任何辅助手段。

他还记得自己第一次窥看到虹湾的样子。当时他还是个小男孩，用的是一架自制的小望远镜。所谓的望远镜，其实只是两个镜片，安装在一个硬纸筒的两头，不过它给他带来的快乐，比起他如今掌控的巨大仪器还要更多些。

哲美森一打轮盘，拖车长长地画出一条弧线停了下来，面向着西方。他们在尘沙中轧过的辙痕清晰可见，它将成为一条永不消逝的道路，除非别的车辆将它抹掉。

“终点到了，”他说，“你可以从这里开始接手。从这里一直到柏拉图，她都是你的了。到了那儿再把我叫醒，我再开着她穿过山地。晚安了。”

惠勒想象不出他是怎么办到的，不过不到十分钟，哲美森真的睡着了。也许是“毛虫”轻柔的摇晃起到了催眠的效果，惠勒不知道他这一路上能不能免受颠簸震荡之苦。好吧，要想知道结果，只有一个办法……惠勒小心翼翼地对准了尘沙中的轨道，开始了原路返回柏拉图的行程。

08

或早或晚，注定要发生的，萨德勒一边富有哲思地琢磨着，一边敲响了总监办公室的门。他已经尽了自己最大的努力，不过在这样的工作岗位上，伤害一些人的感情是无法避免的。去了解一下是谁发起了投诉，那会是件有趣的事情，非常有趣……

麦克劳伦教授是萨德勒见过的最矮小的男子之一。他的体型太小了，以至于有人因此而不重视他——那可是致命的错误。萨德勒对此有更为透彻的了解。身材非常矮小的男人通常都会格外努力，以补偿身形上的差距（平均身高以下的独裁者难道为数还少吗？）；至于麦克劳伦，从各方面考量，他都算得上是月球上最厉害的角色之一。

他隔着自己那张纤尘不染又井然有序的书桌盯着萨德勒。他的桌上干净整洁，连本便笺簿都没有，只有一块小小的通信控制面板——连麦克风都是隐藏式的。萨德勒听说过麦克劳伦的独特行政方式，以及他对笔记和备忘录的厌恶。他对天文台日常事务的管理，几乎完全是由口头传递的指令来完成的。当然，其他人做记录，安排日程，写报告——麦克劳伦只需要打开麦克风发号施令即可。这套模式滴水不漏地运转着，原因很简单，总监会把一切都录下来。只要有人说“可是，先生，你从来没吩咐过这个！”，他就可以当场回放原始录音。有传言说——尽管萨德勒怀疑这是恶意中伤——麦克劳伦偶尔会在事后修改录音，假造对话记录。不用说，像这样的指控是根本不可能证实的。

总监对唯一的座位一挥手，示意他坐下，还没等他坐到椅子上，就开始发言了。

“我不知道这是谁想出来的聪明主意，”他说道，“可从来没人通知我你要来。如果事先知道，我会要求推迟的。其实要说看重效率，没人能比得上我，不过眼下的情况非常棘手。在我看来，我的员工如果不忙着向你解释他们的工作情况，他们的本职工作似乎能做得更好，尤其是现在这个时候，我们正在忙着观测新星天龙。”

“我很抱歉没有通知您，麦克劳伦教授，”萨德勒答道，“我只能猜想，安排这次约见的时候，您正好在从地球返程的路上。”他一边说一边琢磨着，如果总监知道了这样的见面方式是精心设计好的，又会怎么想呢？“我也知道，我一定多多少少给你的员工添了一些麻烦，不过他们尽可能地协助了我，我没什么可抱怨的。其实，我觉得我和他们相处得相当好。”

麦克劳伦边思考边揉自己的下巴。萨德勒颇为着迷地盯着他的那双小手。它们的外形真是完美无缺，比孩子的手还要小巧。

“你估计还要在这里待多久？”总监问道。他显然不会照顾别人的感情，萨德勒不悦地想。

“非常不好说——我所调查的范围太不确定了。我只能明确地提醒你，同科学部门有关的工作，我几乎还没有开始涉及。那一部分很可能是困难最大最多的。目前为止我的调查只涉及了行政部和技术服务部。”

这个信息似乎并没有让麦克劳伦高兴。他看起来像一座小小的火山，正酝酿着喷发。还有最后一件事可以做，萨德勒迅速行动了。

他走到门口，轻捷地开门，向外望了望，然后又合上门。这段刻意设计的戏剧表演堵住了总监的嘴，同时，萨德勒走到书桌前一伸手，唐突地关掉了通信控制板上的开关。

“现在我们可以谈话了，”他开口了，“我本想要避免这样，不过我看注定是躲不过的。像这样的卡片，你多半是从来没见过吧？”

平生从来没受过这种待遇的总监大人，此时已然惊得瞠目结舌，他定睛望去，只见一张空白的塑料卡片上渐渐地闪现出萨德勒的照片，旁边还有一些文字——接着，这些都突然消失了。

“什么……”他调整好了呼吸，这才说道，“什么是中央情报署？从来没听说过。”

“没听说过就对了，”萨德勒应道，“它是个相对年轻的机构，而且绝少有过宣传。至于我，我的实际任务恐怕与公开的工作职责有所不同。说得赤裸一些吧，我几乎彻底不关心你这个机构的工作效率，而且我完全同意，用成本会计的尺标去衡量科研工作是荒唐的。我这么说，有点似是而非，你不觉得吗？”

“继续。”麦克劳伦说道。平静的语气中透露出凶险。

萨德勒提到了职责，开始自我欣赏起来。不过，沉醉在权力之中，是会坏事的……

“我在找一名间谍。”他冷淡而直截了当地说。

“你是认真的？现在可是22世纪了！”

“我是绝对认真的，我还需要向你强调，你绝不能向任何人透露这次谈话的内容，即使对瓦格纳也不行。”

“我拒绝相信，”麦克劳伦嗤之以鼻，“我不信我的任何一个员工会参与间谍活动。这个设想真是莫名其妙。”

“这种事儿一向都听着挺玄的，”萨德勒耐心地答道，“但这不能改变情势和立场。”

“假想一下，如果这种指控有极微小的依据，而不是彻底的空穴来风，那你认为有可能是谁呢？”

“就算我有想法，恐怕现阶段也是不能告诉你的。不过我会保持彻底坦率的态度。我们不能确定是不是这里的某个人——我们的行动只是基于一个模糊的线索，那是由，呃——我们的某一位特工提供的。不过就在月球上某个地方，发生了泄密，我此行就是针对这个具体的隐患来的。现在你明白了，我为什么一直这么好打听。我一直尽力做到本色出演，到现在大家也都习惯我了。我只能希望，如果存在这么一位神秘莫测的X先生，他已经接纳了我。顺便提一句，这也是我想知道谁向你提出了投诉的原因。我料想有人来投诉过了。”

麦克劳伦哼哼哈哈了一阵，随后作出了让步。

“是詹金斯，下面商店里的那位，他的意思是你占去了他太多的时间。”

“非常有意思。”萨德勒说着，颇有些迷惑。詹金斯，商店总经理，根本不在他的嫌疑对象之列。“说实在的，我在那个地方花的工夫相对较少。只是为了让我的使命显得更完整些，我才去那里做了点工作。我以后不得不注意一下詹金斯先生了。”

“整件事情对我来说非常新鲜，”麦克劳伦深思着说，“不过即使我们这里有人给大联邦方面递消息，我也想不出他们是怎么办到的。当然，如果他是信号部的某一位主任，那就另当别论了。”

“这是关键所在。”萨德勒承认道。他乐意宽泛地谈论这个案件，因为总监也许能提供些线索。萨德勒也很了解自己的难处，以及自己承担了多么大的担子。作为一名反间谍人员，他绝对是业余的。唯一的安慰是，他假想中的侦破对象和他的处境是一样的。在任何时代，职业侦探都是为数不多的，真正的行家在一个多世纪以前就已经绝种了。

“顺便说一句，”麦克劳伦说着，一边勉强地假笑了一声，“你怎么知道我不是间谍？”

“我不知道，”萨德勒欢快地回答，“在反间谍的工作中，极少有十足肯定的结论。不过咱们尽力而为吧。我想你在访问地球期间没遇到太多的不方便吧？”

麦克劳伦不解地盯了他一会儿。接着他垂下了下颚。

“所以你要调查我！”他焦躁而愤怒地说道。

萨德勒耸起了双肩。

“这样对你我都好。如果你想心里好过些，不妨想想他们交给我这项任务之前，我需要经历些什么。我可从来没主动请缨过……”

“那你想让我做什么呢？”麦克劳伦低沉地吼着。相较于他的身材，他的嗓音却深沉得惊人，不过有人也告诉过萨德勒，当他真的躁怒时，这副嗓子会发出尖声的高叫。

“自然，我会希望你一见到可疑的事情就通知我。我会时常向你咨询各种问题，我会很乐意得到你的指教。除此之外，还请尽可能少关注我，继续把我当成不速之客好了。”

“这个，”麦克劳伦带着几分厌恶地微笑着说，“一点也不难做到。不过，我可以在各个方面给你提供协助——就算是为了证明你的怀疑是没有根据的吧。”

“我当然希望如此，”萨德勒答道，“谢谢你的合作，我很感激。”

他很及时地终止了会谈，回手关门的时候还吹了个口哨。他很高兴，面谈竟如此顺利。不过他也立刻意识到，没有人会在和总监谈话后吹口哨。于是他调整表情，作出极为镇静的模样，一路走过瓦格纳的办公室，然后转到大走廊上。在那里，他迎面撞上了哲美森和惠勒。

“你见过老男人了？”惠勒焦急地问，“他的情绪好吗？”

“因为这是我第一次见到他，所以我没有评判的参照。我们相处得还好。有什么事？你们看起来像一对淘气的学生。”

“他刚刚叫我们去，”哲美森说道，“我们不知道为什么，不过他多半是要追问什么他不在的时候发生的事情。他已经祝贺过惠勒发现新星天龙了，所以肯定不是这事儿。我担心他是发现我们借了一辆‘毛虫’出去玩。”

“这又有什么不对？”

“它们只能用来执行公务。不过人人都借了开出去玩。只要我们自己把用掉的燃料加足，没有人做出格的事就行了。糟了，我想我不该告诉你这个，这还涉及了其他人。”

萨德勒脑筋转了两个弯，随后释然地意识到哲美森只是把他当作一位财务审计人员。

“别担心，”他笑道，“我听了这些会有的最恶劣反应，也不过是要挟你们带我兜风。我希望那老男……呃，麦克劳伦教授别太难为你们。”

这三人如果知道总监面对这次面谈，怀着怎样的不安，他们都会吃惊的。按照通常的分寸，像这样擅自使用“毛虫”的轻度违规，都是由瓦格纳去处理的，不过这一次涉及更严重的问题。五分钟之前，总监还不知道事情有这么要紧。他只是叫惠勒和哲美森过来，问询一下工作的进展。麦克劳伦教授凡事都要掌握最新情况，他很为此而自豪，他的员工必须花费些时间、要些小聪明才能让他偶尔落空一回。

惠勒仗着发现新星天龙为他赢得的宠爱，给总监准备了一套说辞，汇报了这次不合规范的出游。他试图把他们描写成一对身披铠甲的骑士，勇闯荒野，为的是发现危害天文台的妖魔毒龙。他没有隐瞒重要的情节，这样对他自己最好，因为总监已经知道他到过了什么地方。

听着惠勒的汇报，麦克劳伦好像发现了几块相互吻合的拼图板。曾有一则来自地球的神秘消息，命他今后不要让他手下的人进入雨海，而这则信息一定同这两个小子到过的地方有渊源。而萨德勒调查的泄密事件一定也同这个地方有关系。麦克劳伦依然难以相信他的任何一名员工会是间谍，然而他也了解，称职的间谍永远不会长着一副间谍的模样。

后来，他心不在焉地将哲美森和惠勒打发走了，这使得他们两个非常迷惑。他茫然地坐了一会儿，阴沉地思索着。当然，这也许只是个巧合，几段故事恰好互相关联而已。不过如果真有人在搜索情报，他所公布的信息应该也是没有问题的。

等等，真的没问题吗？那个真正的间谍会不会已经明目张胆地采取行动了，因为他知道自己反正会引起怀疑？又或者，眼前发生的这一幕是不是一个双重陷阱？因为谁也不会对如此唐突的进攻性举动产生疑问。

感谢上帝，这不是他该操心的问题。他要尽快把这个烫手山芋丢掉。

麦克劳伦教授猛地打开了连接外间办公室的通话旋钮。

“请给我找萨德勒先生。我还想再和他谈一次。”

09

总监回来以后，萨德勒的地位发生了微妙的变化。尽管他已经尽了最大的努力提防，不过萨德勒知道这是必然发生的事。刚来的时候，人人都对他抱着猜疑，礼貌地应付着。他花了几天时间，努力做好公关，这才突破了障碍。人们渐渐对他友善而健谈起来，他的工作可以有所进展了。不过现在，他们似乎又对先前的坦率感到后悔了，他再次陷入了逆境。

他知道其中的原因。肯定没有人怀疑他的真实目的，不过人人都知道总监一回来，非但没有限制他的活动，还在一定程度上提升了他的地位。在天文台这样一个处处都有回音壁的地方，流言的传播速度不亚于光速，要保守秘密是很难的。一定是有人到处张扬，说萨德勒其实是个重要的角色。而且他还可以肯定地预见，人们还会花上好长一段时间，去猜测他到底是多么的重要……

到目前为止，他的注意力仅局限于行政部门。这是既定策略的一部分，因为按照一般人的预计，审计工作都是从行政部开始的。但是说到底，天文台是为科学家而存在的，并不以厨师、打字员、会计师、秘书为核心，尽管这些人也不可或缺。

如果天文台里有一位间谍，那么此人必须面对两个主要问题。对间谍来说，情报如果不能送到他的上级手里，就等于毫无用处。这位X先生不仅需要为他提供情报的线人，还必须掌握一条通向外界的通信管道。

要想亲身离开天文台，仅有三条出路。可以乘单轨车，可以驾“毛虫”拖车，还可以徒步。最后一项看起来不太可能。理论上，一个人可以步行几千米，到一个预先约定的地点留下情报，然后由下线去提取。但是如此明显的个别行为很快就会引起注意，且很容易排查，因为只有维修部里很少的几个人才能定期使用外出用的太空服。而且通过出口和入口密封舱的人员都有记录，虽说萨德勒也怀疑这项制度未必彻底落实了。

拖车是比较可靠的办法，因为它们的活动范围要大得多。不过要想用车，间谍必须有共犯，因为每辆车的班组人员至少是两个人——这条规矩从来没有破坏过，因为这是安全的保障。当然，哲美森和惠勒的表现很突出。目前，正有人在忙着调查他们俩的背景，几天之内就会传来报告。不过他们的行为虽然出乎常规，但是太过张扬，很难把他们设想为真正的嫌疑人。

最后剩下的就是开往中心城的单轨机车了。人人都进城，平均每周一次。想要在那里交换信息，可供选择的办法是无可计数的，偏偏在现在这个时候，有一拨“游客”在低调地寻找线人，发掘天文台人员的各种私人逸事。对于这些，萨德勒施展不出太多的手段，他唯一能做的就是将中心城最频繁的访客记录下来，制作成名单。

想要实体通信，无非就是以上几种方式。萨德勒对它们都不太重视。还有其他更巧妙的手段，科学家采用它们的概率要大得多。天文台的任何一名员工都可能建立一部无线电发射机，而且有数不尽的地方供他们隐藏。不错，经过萨德勒耐心的监听，还没有发现任何端倪，不过X先生迟早会露出马脚的。

计算部没有耗费他太长的时间。在玻璃板后面，一台台纤尘不染的计算机，思绪深沉地立着，一言不发，任凭一些女孩子像喂食饕餮一般地给它们填装程序磁带。在紧邻的隔音室里，打印机像一阵阵风暴，成行成垛印制着无穷无尽的数据。

梅斯博士是该部门的主任，他竭尽所能地向萨德勒解释这些机器正在做着怎样的工作——不过效果一塌糊涂。这些计算机远不止是做些基础的运算，积分、余弦、对数之类的东西统统变成了小儿科。它们处理的数学问题，萨德勒连听都没听说过，即使是用白话将问题陈述一遍，他还是一片茫然。

他没有为此过分担心，想看的东西他都已经看到了。所有主要的设备都封闭上锁。维修部的工程师每月例行检修一次，只有他们能接触到这些设备。这里肯定没有他需要找的东西，萨德勒蹑手蹑脚地离开了这座神殿。

光学车间里，耐心的工人师傅正在将玻璃塑造成型，厚度仅有百万分之一英寸；他们采用的技术还是几百年不曾变过的工艺。这让萨德勒为之着迷，对他的追查工作却没什么促进。他望着光波相撞造成的干涉条纹——只见它们狂乱地来回奔走，那是因为他身体的温度使这些完美无瑕的玻璃发生了微小的膨胀。在这里，科学和艺术结合了，成就了人类仅凭技术达不到的完美。在这些透镜、棱镜、反光镜之中，会不会埋藏着线索呢？看起来可能性似乎极小……

萨德勒郁闷地想，自己的处境就像是在一处漆黑的煤窑里寻找一只黑猫，而且还不知道这只猫是否确实存在。还有更糟糕的，如果把他比作一个找猫的人，他恰好连猫是什么样子的都不知道，所以即使近在眼前，他又怎么认得出？

他与麦克劳伦私下讨论过，从中得益不少。总监对他还是有所忌惮，不过又显然在尽力合作，为的是早早把这个不速之客打发走。有关天文台技术方面的任何问题，萨德勒可以放心地向总监询问，当然他也必须小心，不能透露出自己调查的方向。

如今他已经编辑了一套小小的卷宗，包括了每一位员工——虽说他在上任之前就得到了所有数据，这个成果依然是相当有价值的。他所关心的大多数问题只需要一页纸就够了。不过有些信息却需要用密码笔记写上好几页纸。对于确定无疑的事实，他就用墨水写，悬而未决的推测就用铅笔，这样就便于今后修改。在这些推测当中，有些十分不着边际，而且往往带有恶意中伤的意思，萨德勒经常为此感到很羞愧。打个比方吧，如果你在记录里怀疑某人有受贿之嫌，因为他在中心城包养了一位花费巨大的情妇，那么在现实中如果他正巧要请你喝一杯，就是件很难面对的事了……

的确有这么一位嫌疑人，他是建设部的一位工程师。萨德勒很快将他排除在受贿渎职的嫌疑之外，因为此人不仅没有夹着尾巴做人，反而一直苦哈哈地在人前抱怨情妇的奢侈。他甚至对萨德勒也发出了警告，叫他不要陷入这样的无底洞里。

萨德勒的案卷由三部分组成。第一部分包括十来个人的名字，他们是萨德勒认为最可疑的，不过他至今也拿不出任何切实的证据。有些人名列其中，仅仅因为他们有最多的机会将情报送出去。瓦格纳也是其中之一。萨德勒格外肯定，这位书记是无辜的，不过为了万全起见，还是将他包括在名单里。

其他几个人被列上名字，是因为他们在大联邦方面有关系紧密的亲属，或者因为他们公然对地球提出了负面意见。萨德勒无法想象，哪个训练有素的间谍会冒着引起怀疑的风险，做出那样的行为，不过他必须留心，因为热血澎湃的业余选手也会造成同样的凶险。在这方面，第二次世界大战时的原子能间谍完全可以视为前车之鉴，萨德勒对这些案例认真地做过研究。

包括在第一部分里的另一个人是詹金斯，就是那位商店的总经理。留意此人，是出于极其模糊的一种直觉；萨德勒曾多次尝试凭着这个直觉继续摸索，然而都失败了。詹金斯似乎是个有些乖僻的人物。他讨厌别人打搅他，同其他员工也不太热络。要想施展手段从他身上挖出点信息，恐怕是月球上最难的事情了。当然，这也许仅仅说明，他是那群顽固分子的最佳代表。

最后就剩下哲美森和惠勒这对有意思的人物了，他们之间的种种行为为天文台带来了一股不小的活力。像这次闯入雨海的英雄壮举，就是他们俩的典型风格，萨德勒知道，他们秉承了早期探险者的光荣传统。

惠勒一向充当精神领袖。他的麻烦在于（如果能称之为麻烦的话），他的精力太充沛，兴趣太广泛了。他还不到30岁，也许有一天，年龄和责任会让他成熟起来，不过到目前为止，这两个因素还没有显出太多的效力。如果把他看成一个心理发育停滞的大男孩而不予重视，那未免太草率了。他有第一流的心智，从来没做过什么确实很蠢的事情。虽然有很多人不喜欢他，尤其是成为他恶作剧受害者的那些人，不过没有人对他恶意诅咒。他在天文台的政治斗争中从容进退，没有受过任何伤害。他自己的德行操守也完全称得上诚实和坦白。人们总是能看得透他在想什么，你也永远用不着追问他的态度或立场，因为他会首先坦白地表达出来。

哲美森的性格截然不同。依着情理推想，应该是个性中的差异互补将这两个男人拉拢在一起的。他比惠勒大几岁，在别人眼里，他是他那位小兄弟的冷却剂。萨德勒对此表示怀疑，在他看来，哲美森的存在从来没有使惠勒的言行有所改变。他曾对瓦格纳提过这个，瓦格纳当时想了一阵子，说："是啊，不过设想一下，如果没有哲美森在一旁看着他，惠勒会比现在更糟糕到什么地步。"

显然哲美森要稳重得多，也更难了解得多。他不像惠勒那样有才华，多半不会成就什么惊世大发现，不过他是个成熟可靠的男人，在那些天才开辟出新天地以后，他可以从事基础性工作，踏踏实实去耕耘收获。

这是一种科学上的可靠——的确。政治上是否可靠，那又是另一回事了。萨德勒尝试着用比较迂回的方式探过他的口风，不过至今没什么成果。相比于政治问题，哲美森似乎对他的工作和业余爱好更感兴趣——他喜欢以月球风景为题材作画。他在天文台就职期间，开了一间小画廊，一旦得空，他就会穿上太空服，拿上画架和特殊的低蒸汽压颜料，外出作画。他做了很长时间的实验，才找到了能在真空中使用的颜料。而萨德勒真的认为，这个成果和付出的周折不成比例。凭他对艺术的了解，他认为哲美森的热情多于他的天才，而惠勒也同意这个观点。“人家说希德的画过一段时间后会越来越招人爱的，”他向萨德勒透露过，“我个人认为这个几率微乎其微。”

天文台的所有员工当中，只要有几分聪明，大致能充当个间谍的，都被列入了萨德勒卷宗的第二部分。他一遍又一遍地逐个审查，为的是从这里面选出合适的对象，列入第一部分，又或者将嫌疑较小的对象改列入第三部分直至彻底排除。这个过程是漫长而让人压抑的。他坐在自己的小小隔间里，翻弄着册页，设身处地地想象着那些侦测对象的处境。萨德勒有时觉得自己在玩一场复杂的游戏，其中大多数的规则是灵活不定的，而所有的参与者也都是你不认识的。这是一场致命的游戏，所有的动作都以加速度完成，至于游戏的结果，则有可能决定人类的未来。

10

音箱里传出的话语深沉、文雅，而且诚恳。它是在太空中传播了许久才播放出来的，其间穿越了金星的云层，历尽漫漫两亿千米到达地球，再经过中继站到达了月球。经过如此漫长的旅程，声音依然清晰，几乎完全没有杂音和失真。

“自从我上一次发表意见以来，此间的情势已经变得更加严峻。官方不愿意表达观点，然而新闻和广播却没有保持沉默。我是今天早晨从黄昏星飞抵此地的，仅仅过了三个小时，却已经了解了大众的意向。

“即便要引起家乡父老的不安，我也必须坦率地说，地球人在这里并不受欢迎。像‘食槽里的狗’这样的俗语已经广为流传。地球方面的供应困难，对方也已经有所了解，但对方认为外层星球短缺的是必需品，而地球一方却将资源浪费在奢侈品上。我给你们举个例子，昨天有消息传来，水星的一座前哨基地有五人丧生，因为一座穹顶内的热交换单元发生了故障。温度控制失灵后，岩浆吞噬了他们——的确是一场惨祸。如果不是制造商钛矿短缺，事故就不会发生。

“当然，为此而谴责地球是不公平的。不过不幸的是，就在一周前，你们刚刚再次缩减了钛矿的出口配额，这里的有关利益各方都认为公众对此无法释怀。我不能说得太具体，因为我不想让节目停播，不过你们知道我指的是什么人。

“我不认为局势会继续恶化，除非再受到新因素的影响。不过设想一下——我想明确指出，我这里只是做一个假设——设想地球发现了新的重金属矿藏。比如，在未开发过的海洋深处。或者，虽然以往的勘察结果令人失望，但这一次竟然在月球上发现矿源了。

“如果是这样。而地球又试图将这个发现秘而不宣，那么结果就可能很严重。当然，地球方面可以说这是他们的权利。不过当别人在木星上同一千倍大气压作斗争的时候，或者在奋力使土星卫星的坚冰解冻的时候，合法性的争执就显得无足轻重了。别忘了，当你们享受着和煦的春风和安宁的夏夜时，你们是多么的幸运，因为地球是太阳系中自然条件最温和的地方。

空气不会在这里结冰，岩石不会在这里融化……

“如果上述假设是真的，大联邦方面又会怎么做呢？要是我知道，我就不可能在这里和你们说话了。我能做的只是猜测。要说战争，如果是传统意义上的战争，在我看来是很荒谬的。双方都可能给对方造成沉重的破坏，不过这场力的较量会是什么结果，极难判断。地球方面有太多的资源，尽管这些资源太过集中，由此也带来了凶险。而且地球拥有的飞船数是最多的。

“大联邦方面散布的空间非常广大，这是他的优势。虽说对方装备较差，但地球怎么能和六七个行星及他们的卫星同时开战呢？供给上的困难是无法彻底解决的。

“如果，这该死的暴力真的发生了，我们可能会看到闪电空袭——由特别装备的飞船对战略目标进行打击，然后迅速撤回太空。要说会发生什么星际侵略，那纯粹是空想。地球肯定没有侵占其他行星的意愿。而大联邦方面，即使他想将自己的意愿强加给地球，却是既没有人力，也没有足够的飞船，无法实现全面入侵的。据我看来，迫在眉睫的危险是双方发生一场决斗似的较量，彼此都想宣示一下武力，给对方一点颜色，至于发生何时何地则是难以揣测的。不过我想警告各位，不要幻想这会是一场有限的战争，一场绅士般的较量，因为战争绝少会有限制和克制，也从来不是什么绅士行为。地球听众们，再见，这是罗德里克·贝农来自金星的报道。”

有人伸手关掉了机器。不过起初，似乎没有人愿意开启这场无法回避的讨论。接着，来自电力部的詹森充满敬意地说道：“贝农是个有勇气的人，你必须承认。他没有做缩头乌龟。他们居然允许他播出了，我真感到吃惊。”

“我认为他说得很有道理。”梅斯评论道。这位计算部的掌门人说起话来慢条斯理，同他部门里那些飞速运转的机器形成了奇异的对比。

“你站在哪一边？”有人怀疑地问道。

“我是友善的中立者。”

“不过是地球给你发薪水而已。如果最后摊牌了，你会支持哪一边？”

“这个——这取决于具体情况。我当然希望自己支持地球。不过我保留独立思考，然后形成意见的权利。不管是谁，要是草率地说‘这是我的星球，管它是对还是错’，这人就是个浑球。如果正义在地球这边，我就支持她，即使她处在黑白之间的边界地带，我也多半会偏向她。不过如果我真心认为她的主张毫无疑问是错误的，那我就不会支持她。”

沉默维持了很长一段时间，众人都在思索着这个问题。梅斯发言的时候，萨德勒一直在专注地望着这位数学家。他知道，每一个人都尊敬梅斯的诚实和理智。一个积极地参与反对地球活动的人，是绝不会如此坦然地剖白自己的。萨德勒琢磨着，如果梅斯知道，有一位反间谍人员此刻就坐在他两米以内，他的说辞会不会有所不同。不过萨德勒相信，他是一个字都不会改的。

“不过，真见鬼，”一贯喜欢站出来挡子弹的总工程师说道，“这里没有什么对和错的问题。地球和月球上发现的一切都属于我们，怎么处理也完全是我们自己的事务。”

“当然，不过别忘了我们刚刚撤减了出口配额，就像贝农说的。大联邦一直依靠它们来维持自身的工程项目。如果我们拒绝履行配额协议，是因为我们确实没有这些东西，那也就算了。不过如果我们有这些东西，却要用这些资源来要挟大联邦，那就另当别论了。”

“我们为什么要做那种事情？”

出人意料，问这话的人竟是哲美森。“恐惧，”总工程师又说，“我们的政治家们惧怕大联邦。他们知道对方的大脑已经足够发达，所以害怕对方有朝一日会拥有更大的权力。那时候地球就会变成明日黄花。”

还不等有人向他提出挑战，电子实验室的崔可夫又开启了新的话题。

“我一直，”他说，“在想着我们刚刚听到的广播。我们都知道贝农是个挺诚实的人，可不管怎样，他是从金星发回的报道，这就要经过他们的审查批准。他的访谈中也许还有我们没听到的东西。”

“你这是什么意思？”

“也许他正在为他们的宣传做代言。也许是无意识的。他们也许左右了他，让他只说那些他们想让我们听的。比如，空袭那一段。也许目的是为了恐吓我们。”

“这是个有意思的想法。你怎么看呢，萨德勒？你是最后一位从地球上来的人。”

如此迎头一击，让萨德勒吃惊不小，不过他机敏地将皮球踢了回去。

“我想地球方面还不会这么早就感到恐惧吧。不过他提到月球可能出现新的矿源，这一段让我很有兴趣。看起来流言已经开始到处传播了。”

这话听着草率，却是萨德勒事先设计好的台词。其实，它不算十分草率，因为天文台人人都知道：1）惠勒和哲美森在雨海里闯入过那个不寻常的政府工程；2）有人命令他们不许谈论此事。萨德勒的确很渴望看到众人会作何反应。

哲美森一脸无辜而不解的表情，然而惠勒却不假思索地咬住了诱饵。

“你期望会怎样呢？”他说，“这些飞船在雨海里着陆，半个月球肯定都看见了。而且那儿肯定有几百个工人。他们不可能全都从地球来——这些人还会进入中心城，等多喝了两杯以后，他们还会对女朋友谈起这事儿的。”

说得真对，萨德勒心想，保安部门对这个小小的问题一定大为头痛。

“不管怎样，”惠勒继续说，“我对这个问题的态度是开放的。他们在外边想干什么都行，只要别干扰了我。反正从外边看，你什么也看不出来，只不过可怜的纳税人又得为这事儿付出一大把钞票了。”

一名来自仪器仪表部的矮小、瘦弱的男子紧张地咳嗽了一声。就在今天早晨，萨德勒还在他的部门里乏味地花去了几个小时，查看着那些宇宙射线望远镜、磁力计量仪、地震侦测仪、分子谐振仪，还有其他设备的电池、电瓶，因为这些东西能够更迅速地存储信息，等待着人类去分析。

“我不知道他们有没有干扰你，不过他们已经把我搞惨了。”

“你什么意思？”众人不约而同地问道。

“半个小时以前，我看了一眼磁力计量仪。通常这里的磁场是挺稳定的，除非发生磁暴，而且我们总是能预测何时发生。可是现在出现了奇怪的状况。磁场一直在上下跳跃——不是很剧烈，百万分之几个高斯而已——但我肯定是人为造成的。我检查了天文台所有的设备，所有的人都发誓说没有在磁场上搞过鬼。我又看了一下其他的仪器，然后我就估摸着那些雨海里的朋友应该对此负责。我是检查到月震侦测仪的时候发现问题的。你们知道的，咱们在火山口南墙有一架遥感设备，现在它已经被月震震翻了。从仪器图像上看，有些纠结的曲线好像是爆炸，我经常在伊基努斯和其他矿井观察到这样的现象。不过图像轨迹中的一些抖动几乎和磁场脉冲同步。考虑到机械波在岩石中的时间延迟，推算出来的距离也完全没错——我可以肯定它是从哪里传来的。”

“这是个有趣的研究成果，”哲美森评论道，“不过这最终说明什么呢？”

“多半会有很多种解释。不过我认为，在雨海的某个地方，有人正在制造一个巨大的人工磁场，磁场脉冲每次会维持一秒钟。”

“那月震是怎么回事？”

“它只是个副产品。那周围有很多磁性的岩石，我的想象中，它们一定是在磁场产生的时候发生了不小的震动。如果你在震源处，多半都觉察不到，不过咱们的测震仪太敏感了，二十千米外坠落的陨石它也能侦测出来。”

怀着极大的兴趣，萨德勒倾听着由此引来的技术争论。那么多颗热切的心在为现实担忧，注定有人会对真相作出猜想——也注定会有人用自己的理论进行反驳。这一点不重要。令他关切的是，谁对此表现出了格外的好奇，或显露出了特殊的见识。

不过没有这样的人，萨德勒依旧深陷在三个令人气馁的假设之中：就他的能力而言，X先生太聪明了；X先生不在这里；X先生根本不存在。

11

新星天龙正在发出警告：它再也不能在银河系的众恒星中闪亮了。不过在东方的天空，当它表现最佳时，依旧比金星更亮些，而且人类也许还要等待一千年才能再次看到这种景观。

用恒星间的距离来衡量，它算是一颗很近的星，然而它还是太远了，因此在整个太阳系，无论从哪里观测，它的亮度等级是统一不变的。不论是在水星的烈火中，还是在冥王星的氮气冰川里，人们观察到的天龙都是一样的明亮。尽管它的出现是短暂的，却在一时之间转移了人们的注意力，把他们带离了身边的琐事，带到了终极永恒的境界之中。

然而这个过程并不长久。天龙的耀眼紫光穿过历史的时空，来到了另外一个星系，降临到这里的各大行星面前——如今，他们已经停止了口头威胁，开始为战争作实质的准备了。

准备工作比大众所知道的要深入得多。地球和大联邦方面都没有向民众坦白。在秘密实验室里，人们开始着手研制破坏性的武器。虽然竞争双方的工作各自独立展开，不过他们开发出的武器一定会大致相仿，因为他们所采用的技术是相同的。

双方都有间谍特工和反间谍特工，而双方又都知道，至少是大致知道，对方在开发什么样的武器。也许会有惊人的创新——它甚至还可能决定成败消长——不过整体而言，对阵双方大致势均力敌。

大联邦方面有一个巨大的优势。他可以将军事行动、研究工作和试验活动都隐藏在星罗棋布的卫星和小行星上。相比之下，地球上只要有一架飞船升空，金星和火星就会在几分钟内得到信息。

不确定的因素就是情报的效力，这一点是双方都必定会为之困扰的。如果发生一场情报大战，那将是一场业余选手的比赛。保密需要长期的传统，也许这不是件光彩的事，因为间谍的训练并非一朝一夕就能完成；即使培训能够一蹴而就，优秀间谍所需要的卓越天赋却是难以寻觅的。

萨德勒对这一点认识得最深刻。有时候他分明能感觉到，那些分布在太阳系各处的同行们应该也和他承受着一样的挫败感。只有最上层的人才能看清全局的形势，或是什么事情正迫在眉睫。他以前从来没意识到间谍必须在孤立的状态下工作，也不知道孤军奋战的感觉是恐怖的，没有可以信任的人，没人为你分担负荷。自从他抵达月球以来，他还从未和中央情报署的任何人说过话（当然也有可能说过，而他并不知道对方的身份）。他和组织间一切联系都是间接的、匿名的。他的例行报告（一般人看来似乎仅仅是天文台事务的流水账和一些极其呆板的分析）每天通过单轨车递送到中心城，接下来它们还要去哪里，他就不太清楚了。通过相同的途径，他收到过几条消息。一旦出现特别紧急的状况，他还可以用远程电子打印机实现联络。

他正在盼望着同另一位特工会面。这是很多个星期前就安排好的。尽管他怀疑这样的安排未必有什么实际的价值，不过在现在这样的处境下，他的士气会由此受到巨大的鼓舞。

到目前为止，萨德勒已经了解了行政部和技术服务部的主要工作脉络。这一点至少让他自己感到满意。他曾经（从无伤大雅的远处）看到过动力中心熊熊燃烧的核心，也曾观察过太阳能发电机的巨大镜片，耐心地等待着太阳的升起——它们已很多年没有投入使用了，不过一旦发生紧急事故，它们还是很好的备用设施，随时可以接取太阳的无穷能量。

最让他着迷而惊奇的是天文台的农场。它的奇妙之处在于，在这样一个科学奇迹大行其道的时代里，人工合成的这个那个无处不在，这里却还有一些东西见证着人力无法超越的自然。整座农场同一套空气调节系统混为一体。眼下正是月球白昼期，这套系统也正处于最佳状态。萨德勒见到它的时候，成行的荧光灯正替代着太阳光，金属百叶窗闭合着遮住了一面面巨大的窗户。这些窗户面向着柏拉图平原的“西墙”，迎接着每一个月球黎明的日出。

他俨然是回到了地球，来到了一座设施齐备的温室。缓缓流动的空气，抚过一行行成长中的作物，为它们提供二氧化碳；而植株不仅向空气中回馈丰富的氧气，还将它处理得新鲜怡人，难以名状——这是任何化学家都不能复制的新鲜空气。

在这里，有人向萨德勒展示了一枚很小但很成熟的苹果，它的每一个原子都是产自月球的。他将它带回了自己的房间，以便独自一人好好享用。现在他明白了，为什么除了专职农艺师，其他人都不得随意进入农场。因为一旦人人都可以穿越那些葱翠的走廊，树上的果实恐怕很快就被洗劫一空了。

信号部风格迥异，同其他部门形成极其鲜明的对比。天文台同地球，同月球其他地方，乃至同其他行星的联络电路系统就安置在这里。这里是最庞大也是最显眼的敏感地带。由此出入的每一条消息都要受到监控，操作设备的人员要一而再再而三地接受保安部的检查。有两名员工已经被调走了，原因不详，他们被调到了不太敏感的岗位。更有甚者——这个情况连萨德勒也不知道——位于三十千米以外的远程摄像机，每隔一分钟就对准天文台的远程通信发射机组拍摄一次。任何时候，只要这些无线电发射机指向了未经批准的方向，立即会有人接到信息。

天文学家们无一例外地乐于探讨他们的工作，也愿意讲解他们的设备。如果萨德勒的问题让他们疑惑，他们也不会有所表露。站在他的立场上，他当然会尽力不做出与自己扮演的角色不符的行为。他所采取的技巧，则是推心置腹的坦白相见："当然这跟我的工作没什么关系，不过我真的对天文学感兴趣，所以我在月球上住一天就尽可能地多看看。当然，您要是太忙了，就……"这一套总是很好用，如同魔法一般。

瓦格纳通常会为他安排约见，替他铺平道路。这位书记太热心了，起初萨德勒还以为他是在自我掩护，后来打听了才知道，瓦格纳就是这样一个人。他是那种忍不住要给人留下好印象的类型，希望同所有人都保持友好。萨德勒心想，他和麦克劳伦教授这样的人做同事，一定会备感挫败的。

当然，天文台的核心是那台一千厘米望远镜——人类有史以来建造的最大的光学仪器。它屹立在一座小圆丘的顶部，距离宿舍区还有一段距离。它够得上引人注目，却不算精致。巨大无比的镜筒，安置在一个托架结构上。托架可以纵向调节望远镜的位置，而整个支架结构则可以在下面的环形轨道上做旋转。

“它同地球上的任何一种望远镜都截然不同，”他们一道站在最近一处观察圆塔里，遥望着外面的平原时，莫尔顿解释道，“比如导管，它的结构让我们在白天也能工作。没有它，阳光会通过支架结构反射到镜片上，那样就会破坏观测结果，而热量也会使镜片变形，也许需要几个小时才能重新稳定下来。而地球上那些巨大的反射镜就不需要担心这种事儿。它们只在晚上工作——我指的是它们当中至今仍在服役的那些。”

“我不确定地球上还有没有依然在运作的天文台了。”萨德勒说道。

“哦，还有几座。当然，几乎都是用来做培训的。真正的天文研究在那样浑浊的大气环境中不可能开展。比如，瞧瞧我做的研究好了——紫外光谱学。地球的大气对于我感兴趣的那段波长来说，是完全绝缘的。在我们搬到月球之前，从来没人观测过它们。我有时候甚至怀疑天文学在地球究竟是如何起步的。”

“这个托架的形状在我看来怪怪的，”萨德勒深思着评论道，“它更像大炮的炮台，和我见过的所有的望远镜都不太一样。”

“相当正确。他们没有费事把它做成赤道仪的样子。它有一台自动控制计算机，可以让它始终追踪观察任何一颗预设好的星体。不过你还得下楼来，看看终端是个什么样子。”

莫尔顿的实验室是一座精彩的迷宫，其中尽是由半成品部件组装起来的设备，没有几件是萨德勒能认得出来的。他对此提出抱怨时，他的导游被逗笑了。

“你用不着为这个不好意思。大多数东西都是我们自己设计制作的——不过粗略地说，事情是这样的，来自那个大镜片的光线——呃，我们就在它的正下方——光线会穿过那个导管。我此刻没法给你演示，因为有人正在拍照，还有一个小时才轮到我。不过到时候，我可以通过这个遥控桌面为你选择任何一块天空，然后用仪器将它锁定。接下来我需要做的，就只是用这台光谱仪分析它的光谱了。它们具体是怎么工作的，我恐怕你看不到太多，因为它们都是全封闭的。它们在使用过程中，整个光学系统必须抽成真空，因为正如我刚刚提到的，一丝一缕的空气都会遮挡远紫外光的光线。”

突然间，萨德勒被一个不和谐的念头震动了一下。

“告诉我，”他环视了一眼缆线织成的迷宫，电子台面的电池以及波谱线的图谱，说道，“你有没有亲眼用这台望远镜做过观测？”

莫尔顿向他报以微笑。

“从来没有，”他说，“安排起来会很麻烦，而且那样做是绝对没意义的。所有这些特大望远镜其实都是超级照相机。谁会去用照相机做观测呢？”

不过，在天文台，的确有一些望远镜，不用费任何周折就可以拿来直接做观测用。有些规模较小的仪器同电视摄像头安装在一起，并且能够旋转到任何需要的位置，以便搜索那些位置倏忽不定的彗星和小行星。有一两次，萨德勒借用了这种仪器，用它随意地扫荡了天空，看了看他所能找到的天体。他会通过遥控板设定一个位置，然后在屏幕上查看自己框住了什么东西。经过了一段时间，萨德勒学会了如何使用天文年历，于是他预先查到了火星的坐标，成功地把它框在仪器屏幕的中央。这对萨德勒来说，是个格外兴奋的时刻。

当时，他盯着几乎占满了整个屏幕的灰绿色圆盘，心里混杂着各种感觉。它的一个极地稍稍偏向太阳了，那里的春天正在来临，经过了严酷的一冬，苔原上的巨大霜盖正在解冻。从空中望去，那是颗美丽的星球；然而要在这地方创建家园和文明，却分外艰难。难怪刚强、健硕的火星子民要对地球失去耐心了。

这颗行星的图像鲜明、清晰，让人不敢相信。它浮现在屏幕中央，没有丝毫的颤动和不稳定。萨德勒曾经在地球上用望远镜观察过火星，但到了此刻，他才亲眼看到天文学一旦摆脱大气层的束缚，将获得怎样的自由。当初，困守于地球的观察者们曾经对火星做过几十年的观察和研究，而他们使用的仪器比他现在使用的还要大。然而他几个小时就能观察到的现象，他们可能要花一生去探索。比起当年的他们，他同火星间的距离并没有缩短——事实上这颗行星此刻离得相当遥远，然而他的眼前却再也没有颤抖跳跃的大气层，一层遮蔽视线的雾霭就此撤去了。

他看够了火星后，又去搜索土星。壮美的景观让他大为震撼，连气都要透不过来了。其实它全然是自然的产物，却让人觉得是一件完美的艺术作品。黄色的巨球，两极处稍扁，悬浮在复杂的环带系统的中央。美丽光环中最细微的“丝带”，以及大气扰动形成的阴影全都清晰可见——即使相隔二十亿千米的空间距离。在同心圆的环带以外，萨德勒至少数出了七颗土星月。

尽管他知道，即时成像的电视画面难以同耐心洗印后的照片相匹敌，但他还是迫不及待地寻找着遥远的星云和星群。他将视野框沿着星体密集的银河一路扫描过去，一旦在屏幕上发现格外漂亮的星团或是一团闪耀的云雾，就停下来查看一番。

过了一阵子，萨德勒似乎对这无垠、壮美的天空产生出了一种沉醉的感觉。他需要点儿什么东西，把他带回人类事务的王国中去。于是，他将望远镜对准了地球。

它太大了，即使用最小的功率，他依然只能在屏幕上看见地球的一部分。它巨大的月牙正在迅速缩小，不过即使是圆盘的阴暗部分依然充满生趣。那里，正处在地球的夜晚，点点荧光闪烁的地方是座座城市。珍妮特就住在那里，正在睡梦之中，不过也许正在梦里和他相见。至少他知道，她已经收到了他的信。她的回信态度谨慎，而且充满了迷惑，却也包含着宽慰，然而其中的孤单和隐含的责备又撕扯着他的心。说到底，他有没有做错什么？有时候他会苦涩地感到后悔，因为他们婚后一年的生活是传统而持重的。在这个人口过剩的星球，他们和众多忙忙碌碌的夫妇一样，要经过一段磨合期，然后才会考虑生儿育女。如今这个时代，婚后不经过几年就要孩子，是一件不光彩的事情，是莽撞和不负责任的标志。

他们俩都想要一个完整的家，凭着今天的技术手段，生男生女可以预先决定。萨德勒想先要一个儿子。但现在，萨德勒接受了任务，同时第一次意识到星际局势的严峻。未来充满变数和不安，他自然是不愿把乔纳森·彼得带到眼前这个世界来的。

在更早的时代，很少有哪个男人会为这个原因而在生育问题上犹豫不决。说到底，当人类面临灭绝的威胁，会格外渴望实现永生，而唯一的办法就是繁衍后代。不过如今，世界已经两百年没有经历战争，一旦真有战争爆发，地球上脆弱而复杂的生活模式会被打得粉碎。一个女人如果再有孩子的拖累，生存的机会就更小了。

也许是他太过感性，以至于令恐惧主导了他的判断力。如果珍妮特知道了全部事实，她依旧不会犹豫，她愿意冒这个风险。但现在他不能同她自由交谈，所以他不能利用她的无知采取任何行动。

现在后悔太晚了，他所爱的一切正沉沉地睡在那个星球的夜里，中间隔着渊深的太空。他的思绪绕了整整一圈，从星际到人间，穿过了漫漫荒漠般的宇宙，一直到人类灵魂的孤单绿洲。

12

“我没有理由认为，”身穿蓝色西装的男子说道，“有人会怀疑你，不过如果去中心城，要想不着痕迹地碰头会面，会很困难的。那儿有那么多的人，大家又都互相认识。如果你发现私密的空间有多么难得，你会吃惊的。”

“你不觉得我到这里来也很奇怪吗？”萨德勒问道。

“不——大多数访客，只要能抽出时间，都会到这儿来。就像去一趟尼亚加拉大瀑布——人人都不愿错过。这是顺理成章的事，不是吗？”

萨德勒同意。眼前这个地方，是一处永远不会让人失望的景观，身临其境则是无论阅读过什么介绍都不能替代经历的。直到现在，踏上这块平台的震撼依旧不能完全消退。他相信，有许多人根本不敢走到这个地方。

他凭虚御空地站着，封闭在全透明的柱形结构之中。透明的平台从悬崖的边缘向外探出去，他的脚下是狭窄的金属步道，唯一让他获得安全感的，是纤细的扶手栏杆——他的指节依旧紧紧扣着它……

这里是伊基努斯大裂谷，月球上最负盛名的奇景之一。从头至尾，它全长超过三百千米，各处的宽度只有五千米左右。它不能算是一道大峡谷，其实，它是一系列串联起来的火山口，以一座巨大的中心喷口为轴，像两只臂膀一样展开。人类就是从这道关卡走进去，进而找到了月球上的宝藏的。

现在，萨德勒已经能够向下探望深谷而不再畏缩了。下面似乎深不可测，借着人工光源，可以看到有一些昆虫在来回爬动。如果用手电照一照黑暗中的蟑螂，恐怕就是这副模样。

不过萨德勒知道，这些昆虫，其实是巨大的采矿机械。它们正在谷底的矿床上作业。在数千米以下的谷底，地势惊人的平坦，这似乎是因为裂谷形成后很快又有岩浆灌进去，然后凝结成了一条岩石的河流。

此时的地球，几乎是垂直地悬在头顶，照亮了谷底两侧相互对峙的雄伟崖壁。峡谷向左右两侧伸展开去，直到目力的穷尽处。有些地方，蓝绿色的辉光从岩石表面反射回来，产生出极为出人意料的幻景。萨德勒发现，当他突然扭头看去的时候，很容易把这幅景象想象成一座庞大的瀑布，而他恰好从顶端望下去，看着水流永无止息地奔向月球的深处。

在这道“瀑布”的表面，在看不见的缆索的牵引下，承载矿石的吊车上下升降着。萨德勒看见这些桶形吊车在崖顶缆线的牵引下，远远地离去。他知道每个“吊桶”都比他本人还高。然而现在，它们就像项链上的一颗颗串珠，缓缓随着丝线移动，载着货物，送往远端的冶炼厂。他暗自思忖着，真遗憾，它们装载的只是硫、氧、硅、铝——我们更需要的不是轻质元素，而是重元素。

不过他来此的目的是工作，而不是像观光客一样在这里长吁短叹。他从口袋里拿出了密码写成的记录，开始汇报工作。

报告所花的时间并不长，比他预计的还要简短。听了这份没有结论的简报，对方是欣慰还是失望，萨德勒无从得知。那人思量了一阵子，然后说道：“我们原指望能多给你提供些帮助的，不过你能想象得出，眼下我们的人手有多么的紧张。形势很严峻——如果要出什么麻烦的话，我们预计就在十天之内。火星上已经开始有动作了，不过我们还不知道它具体是什么。大联邦至少正在建造两艘特殊用途的飞船，我们认为他们正在搞测试。很不幸，我们没有任何亲眼目击的证据——都是些讲不通的传言，不过风声已经吹到国防部了。我告诉你这个，只是让你多知道些背景。这里的人是不会知道这些的，如果你听到有人谈起这些内容，那就说明他能接触到绝密情报。

“现在说说你这份临时嫌疑名单。我发现你把瓦格纳也算上了，不过我们觉得他是干净的。”

“好吧，我把他挪到第二部分。”

“还有布朗、勒费尔夫、陶兰斯基——他们在这里也不会有联络人的。”

“你敢肯定吗？”

“相当肯定。他们下班后的生活同政治太不搭边了。”

“我想也是，”萨德勒说着，不禁露出了微笑，“我把他们全都删去。”

“现在说说这位在商店做事的，詹金斯。你为什么那么急切地把他也锁定了？”

“我完全没有切实的证据。不过他好像是唯一一个对我的审计工作提出反对的人。”

“好的，我们也会继续从我们的角度观察他。他颇为频繁地造访中心城，不过有个很好的借口——大部分的本地采购是由他负责的。算上他，现在第一部分名单里还剩下五个人，是吧？”

"是的——坦率讲，他们当中任何人如果做了间谍，我都会觉得吃惊意外的。惠勒和哲美森我们已经讨论过。我知道，他们闯进雨海之后，麦克劳伦对哲美森存了疑心。不过我觉得这个想法靠不住，说到底，那次历险主要是惠勒的主意。"

"接下来还有本森和卡林。他们的妻子都来自火星，每次讨论到新闻时事他们都会争吵。本森是技术维护部的电工。卡林是值班医生。你可以说他们是有动机的，不过相当微弱。而且，他们毫不掩饰，这一点也不像嫌疑人。"

"还有一个人物，我们希望你把他列入第一部分。这位莫尔顿先生。"

"莫尔顿博士？"萨德勒惊呼道，"有什么具体理由吗？"

"没什么特别严重的，不过他到过几次火星，去执行天文学任务，在那儿还有些朋友。"

"他从来不谈政治。我试探过他一两次，可他似乎毫无兴趣。我不认为他在中心城接触过很多人——他似乎完全沉浸在自己的工作中，我认为他进城只是去健身房锻炼身体。你没有其他的理由了吗？"

"没有——对不起。这是五五开的概率。总之从某个地方，发生了泄密。也许发生在中心城。关于天文台的报告也许是故意设下的迷阵。正如你说的，很难想象情报如何从里面传送出来。无线电监听毫无结果，只听见了几条未经授权的私人信息，目的都很单纯。”

萨德勒合上笔记本，叹了口气，把它收了起来。他再次瞥了一眼令人晕眩的谷底——此刻他正颤巍巍地悬浮在它的头顶。在悬崖的底部，采矿的“蟑螂”正从某一个地方出发，迅捷地爬行着；突然间，泛着光芒的崖壁上似乎出现了污斑，而且慢慢扩散着。（那是在多深的地方？两千米？三千米？）原来是一阵烟雾，从深处升上来，在真空中扩散着。萨德勒开始读秒，然后待到爆炸声响起，他就能计算出爆破点与他之间的距离了。不过他足足数了十二秒，这才想起他这是白费力气。纵然那是一颗原子弹，他也不可能听得见的。

蓝衣男子调整着照相机的背带，朝萨德勒点着头，宛然又成了一个标准的观光客。

“请给我十分钟撤离的时间，”他说，“记着，再见面的时候咱们就互不相识了。”

萨德勒对最后一句告诫相当厌恶。不管怎么说，他已经不再是纯业余选手。他已经全职上岗，到现在几乎已有半个月球日了。

伊基努斯车站的小咖啡店里生意萧条，萨德勒独占了一桌。大局势不稳定，游客兴致也会受挫。所有已经来到月球的游客也都在尽快搭乘飞船往回赶。也许他们的选择是对的。如果发生祸乱，此地首当其冲。没有人相信大联邦会直接攻击地球，涂炭数以百万计的无辜生命。这种野蛮行径属于过去的时代——至少大家希望如此。可是谁又能肯定呢？战争爆发后谁又知道会怎样呢？地球太脆弱了，脆弱得充满恐惧。

有一段时间，萨德勒迷失在渴望和自怜的白日梦中。他不知道珍妮特能不能猜得出他身在何处，他也不能确定，现在，自己究竟是否想让她知道，那样恐怕也只能徒增她的担忧吧。

他一边喝着咖啡——虽说他在月球上还没喝到过值得品尝的，但还是不由自主地点了一杯，一边考虑着这位不知名的联络人向他提供的信息。其中包含的价值非常小，他依然在黑暗中摸索。关于莫尔顿的提示格外让人惊异，他也并不太重视。这位光谱学家身上有一种诚信的力量，让人很难相信他是个间谍。萨德勒很清楚，依赖这样的直觉是致命的错误，无论他个人的感觉如何，从现在起他要格外留意莫尔顿。不过他暗地里自己同自己打赌——从莫尔顿身上什么也查不出。

对于这位光谱分析部的负责人，他将自己所记得的所有事实罗列了一遍。他已经了解了莫尔顿的三次火星之行。最后一次是一年多以前，更晚些时候，总监本人也去过一次。而且，各行星的天文学家之间很讲兄弟情分，哪个高级职员在火星和金星上没几个朋友呢？

莫尔顿有什么不寻常的特征呢？除了那份引人好奇的超然和似乎与之矛盾的热心肠，萨德勒想不出别的来了。当然，莫尔顿还有又好玩又动人的“花床”（这是别人起的名字）。不过如果连这样无关大雅的怪癖也要去调查一番，他一定会一事无成的。

不过，有一件事情也许值得考察。他记下了一家莫尔顿购买耗材的商店（这恐怕是除了健身房以外莫尔顿造访的唯一一个地方了）。那样的地方别的反谍报特工也许会粗心地错过的，想到这里，萨德勒感到欣慰，因为这说明他没有放过任何线索，于是他付了账，走过连接咖啡店和车站的小小走廊，走进了这座好似被废弃的车站。

他搭乘支线列车回到了中心城，途中经过了地形格外崎岖破碎的特里斯纳凯尔环形山。在儿乎整个旅途上，单轨车都伴随着一座座缆索支架，它们传递着满载矿物的桶形吊车，从伊基努斯发出，又将空桶原路送回。一段段长达一千米的缆索，首尾贯连——如果没有紧急的货运要求，它们是最廉价最实用的传送工具了。然而，当中心城的穹顶出现在地平线上不久，缆索就改变了方向，向右画了条弧线，远去了。萨德勒可以看见它们一路跋涉，直奔视野尽头的巨大化工厂——月球上所有人类的衣与食都要直接或间接地依靠它的产出。

在城里，他俨然一副常住客的姿态，从一个穹顶走到另一个穹顶，再也不感到陌生了。首先，他要去修剪太久没打理过的头发。天文台的一位厨师在这里兼职做理发师，挣点外快。不过萨德勒见识过他的手艺以后，决定还是求助专业发型师。

接下来，他要去健身房做十五分钟的离心机锻炼。同往常一样，健身房里充满了天文台员工，因为他们都希望一旦回到地球，立即就能重新适应。使用离心机需要排队，于是萨德勒将换下的衣服丢进存衣柜，先去游泳了。到后来，离心机的鸣声渐渐平息，他知道轮到自己了。在与他同一批登机的乘客中，他颇感讽刺地发现了第一部分名单中的两个人——惠勒和莫尔顿。等候的乘客中还有至少七人名列第二部分。不过会在这里看到他们并不令人惊奇，因为百分之九十的天文台员工都名列在第二部分名单上。严格讲，这部分的标题应该是："所有聪明、有活力，足以身为间谍，但尚未显示出足够证据成为构成嫌疑人的名单"。

离心机能搭载六人。它有一个聪明的安全装置，只要机内的负载不能完全平衡，它就不允许机器启动。于是出现了这么一幕：萨德勒身边的一个胖子必须同对面的瘦子交换座位。接着，马达开始加速，载人舱好像一面大鼓，在轴心的带动下开始旋转起来。随着速度加快，萨德勒感到自己的体重稳步地增加着。载人舱的垂直方向也在变化——它以“大鼓”的中央为圆心，来回摆动。他深深地呼吸着，尝试着举起自己的胳膊，却发现它们好像灌了铅。

萨德勒右边的男子摇晃着站起来，然后开始来回走动。地上有仔细地画好的白线，规定了他的活动范围。所有其他人也开始了同样的活动。如果以月球的地平面为参照，这是一幅奇异的景象：他们都站在一个垂直的立面上，却黏在上面不会跌落，因为离心机给了他们六倍于月球引力的作用力——它同地球上的引力是相等的。

这种感觉并不舒服。几天前，萨德勒第一次尝试离心机锻炼的时候，他几乎完全不能相信他这辈子一直就是在这样的重力场中度过的。按理来说，他应该很快就能重新适应，然而此刻，人造的重力让他觉得自己虚弱得像一只小猫。离心机慢慢减速的时候，他真心感到快意——终于又可以爬行着回到轻柔而友善的月球重力场了。

坐上离开中心城的单轨车，他已经是又累又倦了。此刻，新的白昼正在来临，依然隐身不出的太阳正从西边的群山后渗出光芒，然而这些都不能让他振奋起来。他来到这个地方已经超过十二个地球日了，漫长的月球之夜正在进入尾声。然而什么样的事情会伴随着白昼一起到来呢？他不敢想下去。

13

只要你留心去找，每一个人都有弱点。哲美森的弱点太明显了，简直让人不忍心去利用。然而现在的情势却容不得萨德勒存有什么良心上的顾忌。天文台人人都知道，这位年轻的天文学家爱画画，而他的作品多少有些好笑。没有人鼓励他。尽管萨德勒也觉得自己很伪善，却还是假扮起了知音和画迷的角色。

花费了一段时间，他才突破了哲美森的矜持和保守，开始和他坦诚地交谈。这种工作急不得，否则难免引起怀疑。不过萨德勒的进展还算顺利，因为他采用了最简单的技巧。既然哲美森的同事联合反对，他就偏偏支持。每次哲美森画了新的作品，他就会用上这一招。

将话题从艺术转向政治，比预想的简单些，因为最近这些日子政治气氛笼罩了一切。然而颇有些奇怪的是，哲美森首先提出了萨德勒想问的问题。显然，他事先就条理清晰地思考过。其实，自从原子能在地球诞生以来，它背后的课题就越来越严重地纠缠着每一位科学家。

“你会怎么做，”萨德勒从中心城返回数小时之后，哲美森突兀地问他，“如果你必须在地球和大联邦之间作出选择的话？”

“为什么问我？”萨德勒答应着，试图掩藏起他的兴趣。

“我问过很多人了。”哲美森回应道，他的语气里透出一种惆怅——就像是身在一个陌生而复杂的世界里，寻找着向导的引领，“你还记得咱们在休息室里的那场争论吗？当时梅斯说：‘不管是谁，他要是草率地说，这是我的星球，管它是对还是错，这个人就是个浑球。’”

“我记得。”萨德勒谨慎地回答。

“我想梅斯是对的。忠诚同出生地无关，忠诚是要你忠于理想。道德和爱国之间有时候是会有冲突的。”

“你怎么会想到这些哲学化的信条？”

哲美森的回答出人意料。

“新星天龙，”他说道，“我们刚刚收到来自大联邦木星以外天文台的观测报告。是通过火星传过来的，有人还在报告里附了一张便条，莫尔顿拿给我看的。没有署名，很简短。上面只是说‘无论发生了什么’，‘无论’两个字写了两遍，他们都要继续把这些报告送到我们手里。”

萨德勒心想，这是科学界团结精神的又一个动人例证，显然它给哲美森留下了很深的印象。大多数人——当然这里指的是大多数非科学工作者——会认为这是一件很琐碎的小事。然而在关键时刻，这种小事会震荡人的心灵。

“我不知道你由此到底推断出了什么，”萨德勒说着，有一种如履薄冰的感觉，“说到底，人人都知道大联邦也有很多人，诚实、善意、合作互助，和这里没什么两样。不过，要管理这么大一个太阳系，你不能感情用事。如果大联邦和地球真的要摊牌对决了，你还会这样犹豫吗？”

沉默良久，哲美森叹了口气。

“我不知道，”他答道，“我真的不知道。”

这是一个绝对诚实而坦率的回答。在萨德勒看来，就凭这个，就足以将他从嫌疑人名单上删除了。

雨海里那起奇幻的“探照灯”事件，发生在将近二十四小时之后。这一“天”的“早晨”，萨德勒同瓦格纳一道喝咖啡的时候听说了这个消息。这个时间，瓦格纳通常都在行政部附近。

“这件事情让人深思啊，”萨德勒走进书记办公室的时候，瓦格纳说道，“电子部有位技师，不久之前，就在上面的观测塔塔顶上，欣赏着美景，突然之间，有一道光束从地平线射了过来。维持了大约一秒钟。据他所说，那是道灿烂的、蓝白色的光。毫无疑问它是从惠勒和哲美森上次去过的那个地方传来的。我知道他们给仪器仪表部造成过麻烦，我刚刚还检查过。他们的磁力计十分钟前完全紊乱了，我们而且还检测到了几处当地的月震。”

“我看不出来一道探照灯光怎么会造成这些后果。”萨德勒应着，完全摸不着头脑了。紧接着，这些话的全部含义一下子涌上心头。

“一道光束？”他喘息着说道，“怎么会，不可能。在真空当中怎么可能看到单向的光束？”

“说得对，”瓦格纳说道，由于给对方带来了神秘感，他显然因此感到满意，“只有在光线穿过空气和尘埃的时候你才能看见一道光束。而且那道光真的很耀眼——几乎是炫目。技师威廉姆斯的原话是‘像一根固体的柱子’，你知道，依我看那是个什么地方吗？”

“不知道，”萨德勒回答着，心里在怀疑瓦格纳是不是真的知道真相，“我一点也不知道。”

这位书记先生看起来颇有些脸红，似乎是在为自己的理论感到害羞。

“我认为那是个军事要塞。我知道听起来有点玄，不过你仔细想一下就会明白这是唯一解释得通的说法。”

还不等萨德勒回答，甚至还不等他组织好一个思路，书桌上传来一阵鸣响，瓦格纳的远程打印机里吐出一张纸。这是一张标准的通信表格，不过上面却印着一条不那么标准的信息——猩红的“紧急”字样。

他一边大声地朗读，一边睁圆了双眼：

紧急通知柏拉图天文台总监：请将所有地面仪器拆卸转移，连同所有精密设备移至地下，拆卸工作从大型望远镜开始。轨道交通将暂时停开，直到获得进一步通知为止。尽可能使所有属员始终留在地下。强调，这是预警措施，重复一遍，这是预警措施。预计没有紧迫的危险。

“照这么说，”瓦格纳慢慢地说，“看起来……我想我的猜测是完全正确的。”

这是萨德勒第一次看到天文台全体属员聚集在一起的景象。麦克劳伦教授站在休息室尽头的讲台上——按照传统，这里是发布通告，举办小型音乐、戏剧表演以及开展其他娱乐项目的地方。然而现在，众人得到的却不是娱乐。

“我完全理解，”麦克劳伦苦涩地说，“这对各位的研究工作意味着什么。我们只能盼望，这样的转移完全是没必要的，几天后大家又能恢复工作了。不过，显然，我们决不能让设备担一点风险。五百和一千厘米望远镜必须立即封起来。我完全不知道这场危机会是什么样的情况，不过我们的处境似乎不太有利。如果敌对行动真的爆发，我将立即联络火星和金星，提醒他们这里是科研机构，让他们别忘了有许多他们的国民都曾做过这里的贵客，而且我们在军事上也没有什么重要的价值。现在，请大家在各自部门负责人的身后集中，尽可能迅速、高效地接受指令，采取行动。”

总监从台上走下来，原本矮小的他现在似乎又缩小了一圈。所有在场的人，以前或许也曾狠狠地骂过他，然而这一刻，却没有人不与他心意相通的。

“有什么我能做的吗？”萨德勒问道，因为他很快被排除在了应急方案之外。

“以前穿过太空服吗？”瓦格纳问道。

“没，不过我不介意试试看。”

书记先生坚决地摇摇头，萨德勒很失望。

“太危险了——你也许会遇上麻烦，再说，太空服的数量也不够充足。不过我可能得在办公室里处理一些事情——我们要把所有的课题和项目重新组织，同时用两套时间表来表示；所有的排班和日程都要重新制定——你可以协助我推进这项工作。”

志愿者总是会被派去做这种事，萨德勒心想。不过瓦格纳是对的，在技术团队里他完全帮不上忙。就他自己的使命而言，在书记办公室比在别的地方更有利，因为从现在开始，那里就是天文台的运作指挥部了。

萨德勒厌恶地想着：现在，一切都无关紧要了。如果真有那么一位X先生，而且还身在天文台，那么他大可以因为完成了任务而松一口气了。

根据决议，有些仪器，必须承担一些风险。它们的规模都比较小，更新起来比较容易。操作保障部（某个酷爱军事化术语的人给它起了这么个名字）决定集中精力处理好那些价值连城的巨型望远镜和定天镜的光学部件。

惠勒和哲美森驾驶着费尔迪南号取回了干涉仪的镜片——这是一台巨大的仪器，它的一双“眼睛”相隔二十千米，凭着它们，可以测出恒星的直径。然而，最主要的工作还是围绕着一千厘米反射镜展开的。

莫尔顿是反射镜团队的负责人。如果没有他，没有他对望远镜光学和技术特征的详尽了解，这项工作就无法展开。当然，如果这台望远镜的结构和传统的一样，是一个完整的单元，就像仍然立在巴乐马山顶的那一台那样，那么即使有了他的帮助，也无济于事。所幸，这台望远镜的镜片是由一百多个六棱形构件组成的——它们彼此拼接在一起，构成一幅巨大的马赛克。每一个构件都可以单独拆卸。这是一项缓慢而枯燥的工作，而且要想重新组装整台望远镜，又需要花几个星期的时间，还要保证异乎寻常的精确度。

太空服的设计并不适合这项任务，有一位操作者，也不知是因为缺少经验还是太匆忙，竟然在搬运一块构件的时候，让其中一端从手上滑落了。还不等有人伸手托住，硕大的六角形熔凝石英已经摔裂了棱角。这仅仅是个光学上的事故，在眼前的情况下算是值得庆幸了。

作业开始后十二个小时，最后一位疲惫而沮丧的操作人员从密封过渡舱穿过，回到了室内。只有一个研究项目照常继续——留下一台望远镜，继续跟踪正在消退的新星天龙，观测它的沉沦和最后的湮灭。无论有没有战争，这项工作还是可以继续的。

两台巨型仪器的镜片宣告安全转移，此后不多久，萨德勒来到了一座观测塔上。他不知道还有没有机会再看看这些星辰和亏缺中的地球，便想在撤到地下之前留下一份记忆。

眼睛所能看到的天文台，几乎没什么变化。一千厘米反射镜的巨大镜筒依然昂首指着天顶；为了将镜片拆下来，镜筒被旋到了垂直的角度。轻微的冲撞就可以破坏这个庞然大物，在今后的危难时光里，它必须独自承担一些风险了。

在户外，依然有几个人在走动。萨德勒注意到，其中一个人是总监。他恐怕是月球上唯一一位穿上太空服依然可以认得出的人了。他的太空服是专门定制的，使他的身高凑足了一米五。

一辆搬运设备用的敞篷卡车朝着望远镜疾驶而去，微微扬起了一缕缕尘沙。望远镜支架安置在环形轨道上，以便自由转动。卡车开到轨道边停下来，一些身穿太空服的身影笨拙地挤上了车。随后它轻快地转弯向右驶去，不久就驶下一条通往车库的坡道，消失了。

整个地面都被抛弃了，只剩下天文台盲目地留下来的一台观测仪器，依然指向北方，在探照灯光束的照耀下，对抗着人类的愚蠢行径。接着扬声器里传出的公告响彻了全台。萨德勒依照指令撤除了观测塔，不太情愿地回到了地面以下的深层。他本希望能多逗留些时候，因为再过几分钟，柏拉图平原的“西墙”就要升起月球的黎明曙光。没有人在这里迎接最初的几缕阳光，似乎不无遗憾。

月球正在缓慢地倾向太阳，然而它永远不会倾向地球。白昼的边界爬过了群山、平原，驱赶着难以想象的长夜极寒。亚平宁山脉面朝西方的一整面“墙壁”已经光明耀眼，雨海也已经爬进了晨光之中。然而柏拉图平原上依然一片昏暗，能接受到的只有日渐亏缺的地球之光。

西方天空的较低处，突然出现了一片四散分布的“星辰”。阳光触及到了大平原的“环形墙”顶端，时间一分分过去，“墙顶”的一座座山峰被阳光渐渐连缀在一起，变成了一条燃烧的项链。现在，阳光照遍了整个环形火山口——东边的“城墙”也进入了晨光。在地球上，所有的观测者都可以看到，柏拉图平原变成了一道完整的光环，中间包裹着一团墨黑的阴影。然而从现在起还需要几个小时，太阳才能照遍所有的山峦，战胜月夜最后的抵抗。

当那道蓝白色的光束第二次短暂地刺破南方的天空，已经没有人能看到了。这对地球是件好事。大联邦方面也获得了不少情报，然而还有一些事情，等他们发觉的时候，也许已经太晚了。

14

天文台将一切安排停当，准备迎接一场为期不定的围困。整体而言，这样的经历并没有预想的那样让人感到挫败。尽管主要的研究项目都遭到了干扰，却依然有做不完的工作可以为之忙碌——概括研究结果，审查以往的理论，而之前因为时间紧张而被押后的论文，现在也可以动笔了。许多天文学家对眼前的“中场休息”几乎都抱着欢迎的态度。宇宙学的基础研究获得了几项进展——这就是这次强制停工带来的直接益处。

人人都同意，整个事件所带来的最坏的结果，是消息不灵通和资讯不稳定。事情的进展到底如何？地球上发来的通信可信吗？为何它们似乎总在安抚着大众，同时又在做着最坏的准备？

能够得出的判断是，预计将会有某种形式的军事进攻，而天文台的处境又很不幸，因为它距离危险地带太近了。也许地球方面猜测出了军事进攻的形式，而且肯定做好了某种应对的准备。

两个庞大的敌对集团正在互相实施包围，又都不想首先发难，只想通过威慑迫使对方屈服。然而双方都走得太远了，要想撤身退出对峙，必然会声威受损，那样的结局，是退却的一方不堪面对的。

萨德勒担心双方其实已经走上了不归路。当大联邦的部长在海牙向地球的政府发出最后通牒时，他对这个想法就越发肯定了。对方指责地球未能履行重金属出口配额的协议；申斥地球蓄意克扣资源供应，抱有某种政治目的，并且隐瞒发现新矿藏的消息。通牒称，如果地球方面不同意讨论新矿藏的分配方案，那她自己也休想使用这些资源。

通牒播出后六小时，地球方面又收到了一条普通广播——它是由火星发出的，发射功率大得惊人。广播向地球的民众强调，伤害不会降临到他们头上，但是万一战端开启，祖先的星球遭受了什么损失，那也必定是由她自身的政府引起的。大联邦将会避免对任何人口密集的地区采取军事行动，并且希望地球方面也恪守同样的原则。

天文台上下带着复杂的心情听着这条广播。它的含义没什么可怀疑的——同样，雨海也毫无疑问是个非人口密集地区。广播造成的效应之一，是大联邦获得的同情更多了——这种同情甚至来自那些可能遭到他打击的人群。哲美森尤其一改怯于表达意见的常态，但也因此，他很快就被孤立了。不久，在天文台的小社会里形成了一道明显的裂痕。其中一方（以青年男性为主）的感受同哲美森相似，他们认为地球是保守、反动、狭隘的。反对他们的一方都是些顽固、守旧的人物，他们总是本能地支持当局的立场，完全没有考虑过道德准绳。

萨德勒还是带着很大的兴趣观察着这些争论，尽管他心里也清楚，他此次使命的成功或失败已成定局，不管他再做什么，都不可能改变实际结果了。不过，始终存在着这样的可能：现在，神秘的X先生已经松懈下来，可能会试图离开天文台。在总监的合作下，萨德勒采取了一些措施，以便应对这种情况的出现。他们规定，任何人未经授权都不许领取太空服或是开动“毛虫”拖车。如此一来，天文台就等于实行了封锁。从保安的角度看，月球的真空环境也带来了便利。

天文台的闭关困守为萨德勒带来了一项小小的胜利，要不是这场变故，他恐怕早把此人此事抛在一边了。说起来，这件事对他以往所作的努力来说，还真有些讽刺的意味。天文台商店的负责人，他的嫌疑人詹金斯，在中心城被捕了。单轨机车停开的时候，他正在城里干一件非法勾当，却被监控他的特工抓了个正着。之所以有人盯着他，则多亏了萨德勒事先提供的名单。

他一直害怕萨德勒，背后是有原因的。不过他倒是没泄露过什么国家机密，因为他手上根本就没有。同他的许多前任商店经理一样，他一直在忙着倒卖国有物资。

如此报应不爽，颇有些诗意。詹金斯是因为做贼心虚才暴露了行迹，被人逮个正着。虽说又从名单上排除了一个人，但这个胜利实在没给萨德勒带来多少满足感。

时间慢慢流逝，人的意志也越来越为之消磨。头顶的太阳正在爬上月球“早晨”的天空，此刻已经高高地悬在柏拉图平原的“西墙”上方。变故初起时的紧迫感已经消退，剩下的只有挫败的感觉。有人还曾吃力不讨好地组织过音乐会，然而结果却是彻底失败，因为大家变得更加沮丧了。

因为什么事情也没有发生，所以开始有人重新爬到地面，仅仅是为了看看天空，获得一点安慰，以示一切都还不错。这种偷偷摸摸的外出行动有时会让萨德勒很紧张，不过他已经想办法说服了自己，权当这些人都是无辜的。最终总监发现了状况，于是允许有限的人员在规定的时间爬上观测塔。

来自电力部的一位工程师组织了一场赌局：谁要能猜得准

这场困守会为期多久，谁就是赢家。天文台的每一个人都下了注；虽然可能性很小，但萨德勒还是想从投注人的不同选择中找出些门道。下注结束后，他思考着望向长长的名单——至少从理论上讲，如果那个人知道正确答案，那他一定会刻意选错，免得引起注意。不过他的研究是徒劳的。接着，他竟怀疑起自己的思维能力是不是遭到了扭曲。有些时候他生怕自己再也不能用正常的思维考量事物了。

警报发出后过了五天，等待的时间结束了。当时地面上已经接近月球的正午，地球也已经亏缺成了一弯镰刀，只不过它离太阳太近了，如果直接用肉眼去观望，难免会受到伤害。然而根据天文台的时间，此时正值午夜，萨德勒正在睡觉，瓦格纳却贸贸然闯进了他的房间。

“醒醒吧！”萨德勒揉着惺忪的睡眼听他说道，“总监要见你！”瓦格纳被派来充当了信差，他似乎对此有些恼怒。“发生状况了，”他抱怨着，用狐疑的眼光看着萨德勒，“理由是什么，他连我都不说。”

“我也不确定是什么事。”萨德勒一边套上睡袍一边说道。他说的是真话。在前往总监办公室的路上，萨德勒一直带着睡意琢磨着所有可能发生的事情。

萨德勒心想，麦克劳伦教授在过去的几天里衰老了很多。

他再也不是那个干脆利索，手执铁杖统治全台的矮小汉子了。连他那一度纤尘不染的书桌边上，此刻也凌乱地堆满了一摞摞文件。

瓦格纳刚从房间里不情愿地退出去，麦克劳伦便脱口对萨德勒说道："卡尔·斯蒂芬森到月球上来干什么？"

萨德勒的睡意还没有全消，他迷迷糊糊地眨巴着眼睛，磕磕巴巴说道："我连这人是谁都不知道。怎么，我需要知道他吗？"

麦克劳伦显得有些吃惊和失望。

"我以为你们的人会告诉你他要来。在他的研究领域里，他是最有才华的物理学家。中心城刚刚打来电话，说他已经着陆了。我们必须尽快把他送到雨海去，送到一个地方，他们管它叫'托尔计划'。"

"他为何不能飞过去？为什么要让我们管这事儿？"

"他本来要乘火箭的，不过载人机出现故障了，几个小时内都没法恢复。所以他们就用单轨车把他送过来了，我们要用毛虫拖车送他完成最后的行程。对方已经要求我把任务派给哲美森，人人都知道他是月球上最好的拖车司机了，而且，不管那是个什么样的地方，他是唯一到过'托尔计划'现场的人。"

"接着说吧。"萨德勒猜想着接下来会发生什么事。

“我信不过哲美森。派他去执行这么重要的任务，我认为不安全。”

“还有其他能胜任的人选吗？”

“有限的时间里选不出来了。这是技术含量很高的工作，你都想不到那儿有多么容易迷路。”

“这么看，似乎不得不派哲美森了。你为什么会觉得他不牢靠？”

“我听到过他在休息室里发表的言论。当然，你也听到过！他毫不隐瞒地同情大联邦。”

麦克劳伦总监讲话的时候，萨德勒专注地望着他。这位矮小男子的语气里含着义愤，他几乎是在发脾气了。萨德勒对此感到吃惊。有几刻，他心里生出短暂的怀疑：麦克劳伦是不是想转移注意力，免得他本人遭到怀疑？

隐约的不信任感只维持了一瞬间。萨德勒意识到，没有必要再去探究更深的动机了。麦克劳伦负荷过重，疲惫不堪。其实萨德勒一直怀疑，严峻强硬仅仅是他的外表，而他的内心同他的身材一样，并不强健。对于自己的挫败感，他的反应也是孩子气的。他眼看着自己的计划被打乱，整个研究项目陷于停顿，连他的宝贝设备都遭了殃。哼，这些都是大联邦的过错，任何不同意这一点的人，都是地球的潜在敌人。

对总监，萨德勒很难不报以同情。他疑心总监已经临近精神崩溃的边缘，需要极其精心的护理才行。

“你想要我做点什么？”他问道，尽可能地扮出了一种不愿承担责任的语气。

“我想知道你是否同意我对哲美森的态度。你一定详尽地研究过他的。”

“我不能讨论我的评估结果，这是不允许的，”萨德勒答道，“我作的判断往往只是根据传言和直觉。不过我感觉哲美森是个非常坦荡的人，这一点对他是有利的。您知道，意见不同和叛国投敌之间有着巨大差别。”

麦克劳伦沉默了一阵子，接着又气恼地摇着头。

“风险太大。我承担不起这样的责任。”

萨德勒心想，这可就难办了。他在这里没有权威，肯定不可能对总监发号施令。没有人给他任何指示。将斯蒂芬森安排到天文台的人多半根本不知道萨德勒的存在。国防部和中央情报署之间没有什么特殊的联络。

不过纵然没有指示，他的职责是清楚的。如果国防部要把什么人如此紧急地送到“托尔计划”的现场，那他们一定有很充分的理由。即使需要逾越自己的角色，不再做一个被动的观察者，他也必须出一分力。

“我的建议是这样的，先生，”他轻快地说，“把哲美森找来面谈，把情况向他说清楚。问他愿不愿意担当这个任务。我会在隔壁监听谈话，并且告诉你是否可以放心地让他去。我个人相信，如果他说愿意，那应该是真心话，否则，他会直接回绝了你的。我不认为他会对你要诈。”

“你要做记录吗？”

“是啊，”萨德勒不耐烦地说，“如果我能给你点忠告的话，我想说，你最好把你对他的怀疑隐藏起来，不管你个人是什么感觉，尽可能表现得坦白友善。”

麦克劳伦认真地考虑了一阵子，随后耸肩表示缴械。他旋开了对讲话筒的开关。

“瓦格纳，”他说，“把哲美森叫来。”

对于萨德勒来说，在隔壁等待的时间似乎是漫长的，仿佛过了很多个小时。后来扬声器里传来哲美森进门的声音，紧接着他就听见麦克劳伦说道：“对不起搅了你的清梦，哲美森，不过我们有一项紧急任务要交给你。你驾驶拖车开到好望关需要多久？”

萨德勒微笑着，因为他清清楚楚地听见了怀疑的喘息声。他完全明白哲美森在想什么。好望关是出入柏拉图“南墙”的关口，从北方俯视着广袤的雨海。拖车往往会避开它，因为这里虽然道路平坦，却要偏出西方几千米，所以要兜兜转转绕更多的弯路。不过，单轨机车倒是可以毫无困难地凌空穿过它；光线充足的时候，乘客可以在这里看到月球上最著名的景观之一——一望无垠的雨海，以及狼牙般耸立在地平线上遥远的皮科山。

“如果我尽快赶路，一个小时就够了。只有四十千米，但是路很难走。”

“好，”麦克劳伦说道，“我刚接到中心城来的消息，要求我派遣你。因为他们知道你是我们最好的驾驶员，而且你曾经到过那个地方。”

“到过哪儿？”哲美森问道。

“‘托尔计划’。你肯定没听说过这个名字，不过人家就是这么叫的。有一天晚上你开车闯进去的那个。”

“继续，先生，我听着呢。”哲美森答道。在萨德勒听来，他的语气里明显透露出紧张。

“情况是这样。中心城有位先生需要立即到达‘托尔计划’现场。他本该乘火箭去的，不过现在飞不成了。所以他们用单轨车把他送到这里，为了节省时间，你先开车到好望关口，等单轨车一到就捎上他，然后就穿过雨海直奔‘托尔计划’。懂了？”

“不太懂。为什么‘托尔计划’的人不能用他们自己的毛虫车接他去？”

哲美森想推却吗？萨德勒想。不，他又回答了自己，这是一个绝对有道理的问题。

“如果你看看地图，”麦克劳伦说道，“你会发现，拖车和单轨车要想做交接，好望关是唯一一个方便的地方。而且，‘托尔’方面似乎找不出一个技术过关的驾驶员。他们派了一辆毛虫出来，不过还不等他们到好望关，凭你的技术，多半已经把任务完成了。”

停顿了良久。哲美森显然是在研究地图。

“我愿意试一试，”哲美森说道，“不过我想知道这一切是为了什么。”

这就好了，萨德勒想。我希望麦克劳伦按我吩咐的去做。

“很好，”麦克劳伦答道，“我想，你有权利知道。要去‘托尔’的那名男子是卡尔·斯蒂芬森博士。他肩负的使命对地球的安危至关重要。这是我所知道的全部，不过我想，我也不需要再多说什么了。”

萨德勒等待着，弓着身子倾听着扬声器，然而静默依然在延续着。萨德勒知道哲美森将会作出怎样的决定。这位青年天文学家会发现，事态没有实质进展的时候，大可以批判地球，谴责她的政策，然而真正采取行动帮助她的对手，那就完全是另一回事了。萨德勒在书里读到过，战争爆发以前有许多和平主义者，然而战端一开，他们当中坚持最初立场的就很少了。哲美森正在认清他应该向谁效忠，哪怕他的考量并不一定合乎逻辑。

“我愿意去。”终于，他说道。声音太轻了，萨德勒几乎没听见。

“记住，”麦克劳伦坚持道，“你有选择的自由。”

“我有吗？”哲美森问。他的语气里没有讽刺的意思，只是说出了心里所想，与其说是在回应总监，不如说是在自言自语。

萨德勒听见麦克劳伦翻动着纸张。

“你的驾驶员伙伴怎么说？”他问道。

“我会带上惠勒。上一次他也和我一起出去的。”

“很好。你去叫上他，我会和交通部联络。呃——祝你好运。”

“谢谢你，先生。”

萨德勒一直等到哲美森离去的关门声响起，这才来到总监身边。麦克劳伦抬起头疲倦地望着他，说道：“好了？”

“比我预想的还要好些。我认为你处理得非常好。”

这不完全是一句奉承话。萨德勒很吃惊，因为麦克劳伦竟然隐藏了自己的感情。虽然这场面试算不得诚挚友好，却也没有明显的不友好。

“我感到心里畅快多了，”麦克劳伦说，“因为惠勒也和他一道去。他是可以信任的。”

尽管萨德勒心里还是担心，他还是忍不住露出了微笑。他非常肯定地认为，总监对康拉德·惠勒有信心，很大程度上是因为惠勒发现了新星天龙，以及他对麦克劳伦综合计量仪的维护。不过用不着证明萨德勒也知道，科学家同其他任何人一样，都可能被情感左右了他们的逻辑。

桌上的扬声器响起来。

“动力拖车正在启程，先生。外层大门现在正在开启。”

麦克劳伦不由自主地看了一眼墙上的钟。“好快啊，”他说完，阴沉地望着萨德勒，“好吧，萨德勒先生，事已至此，只能由他去了。我只能希望你是对的。”

极少有人意识到，比起夜间，在月球的白昼期驾车，要更不舒服得多，甚至不安全得多。为了抵御无情的强光，驾驶员必须使用滤光镜，除非太阳垂直悬在头顶的时候，否则（由于地形的关系）到处都能看见墨黑的阴影——它们可能造成很大的危险。阴影中往往会隐藏着裂缝，对飞驰中的拖车来说，它们又往往是很难躲开的。相比之下，借着地球的反光驾驶的时候就不会遇到这个问题，因为地光要柔和得多，造成的明暗对比也没那么强烈。

哲美森更大的麻烦是，他要向南行驶——几乎正对着日光。有些地方的路况太恶劣了，他不得不沿之字形往前开，为的是避开突兀的岩石。穿越尘沙地带的时候，情况不算艰难，不过随着地势的增高，柏拉图的南墙越来越近，路况也越来越糟。

走到这一段，惠勒再也不同他的搭档说笑了，哲美森的注意力需要高度集中。此刻他们正在朝着好望关的方向爬坡前进，在崎岖的山路上斗折蛇行——向身侧俯视，看到的正是柏拉图平原。在地平线的一端，巨大的望远镜支架如同一件易碎的玩具，标示出了天文台的位置。惠勒苦涩地想道，那可是数以百万计人力和时间投入的成果，凝聚着多少技术和心血啊。如今它无所事事，人们只能盼望着有朝一日，这些精密的仪器能重新去探索遥远无垠的外层空间。

山脊遮挡住了下面的平原，哲美森向右一转，穿过一条狭长的谷地。在他们前方的山坡上，单轨机车的轨道已经进入了视野——它是从山腰上一个跃步俯冲下来的。毛虫拖车无论如何也爬不到山上去，不过他们在穿越关隘的时候，可以毫不费力地开到离轨道几米远的地方。

这里的地面极其破碎嶙峋，不过以往来过这里的驾驶员留下了车辙，为后来人做了路标。现在哲美森需要常常使用车头灯了，因为他经常要驶入阴影。不过大体上说，他情愿在暗中行驶也不愿正对阳光，因为用车顶上的大灯照明，看得更清楚，更何况灯光的方向可以任意调整。很快，惠勒就接手了灯光的控制；他看着椭圆形的光圈掠过岩石，大为着迷。由于环境是完全真空的，光束本身完全看不见，因而造成了奇幻的效果。那些光圈就像是凭空冒了出来，同拖车本身没有丝毫牵连。

离开天文台之后五十分钟，他们到达了好望关，用无线电向台里汇报了他们的位置。现在，只要再向山下走几千米，就到达约定的地点了。单轨车的轨道同他们的道路会合在一起，随后又继续向南扫过皮科山，像一条银色的丝带划过月球的表面。

“好吧，”惠勒满意地说道，“我们没有让他们等。我想知道他此行究竟是为了什么。”

“这还不明显？”哲美森答道，“斯蒂芬森是咱们在辐射物理学领域的大专家。如果要打仗了，你肯定知道什么样的武器会派用场的。”

“我还没想这么多——似乎从来就不是件严重的事儿，我想，会用上制导武器什么的吧……”

“很有可能，不过我们的本事应该不止这些。人类研究辐射武器已经几个世纪了。如果现在需要，应该立即能生产出来。”

“别告诉我说你也相信死亡射线！”

“为什么不呢？如果你还记得历史书的话，你该知道在广岛有几千人死于死亡射线。那已经是几百年前了。”

“是啊，不过那种东西已经不难防护了。你能想象用射线造成什么实体损害吗？”

“那得取决于射程范围。如果在几千米内，我想肯定是可以的。说到底，我们已经可以制造出无限多的能量，只要我们愿意。凭今天的技术，我们可以将它们全都导向一个方向。只不过，到目前为止我们还没有过那样做的动机。可是眼下，谁知道太阳系各地的秘密实验室里正在做什么呢？”

惠勒还没来得及作答，就看见一点荧光由远及近划过了平原。它的移动速度快得不可思议，像一颗流星般从地平线后面跃出来。短短几分钟，它已经变成了单轨车的鼻头和柱形车身，横卧在轨道上。

“我想我应该出去给他搭把手，”哲美森说道，“他多半从来没穿过太空服，而且一定还带着行李。”

惠勒坐在副驾的位置上，望着他的朋友迈过岩石，向单轨车蹒跚而去。机车的紧急密封舱门打开了，一名男子走出来，不太稳当地踏上了月球的地面。从他挪动的姿态，惠勒一眼就看出他从前没有体验过低重力的环境。

斯蒂芬森带着一只厚公文包和一只大木箱，他极其小心地维护着它们。哲美森想替他分担一些行李，不过他不肯把这两件交给哲美森。他唯一允许哲美森替他拎的，是另一只小小的旅行箱。

两个身影从布满岩石的山坡上蹒跚着走下来，惠勒打开密封舱放他们进来。单轨车放下乘客后，掉头向南，迅速消失在返程的路上。惠勒心想，司机似乎急急忙忙地要赶回家去。他以往从没见过单轨机车开得这么快，这一刻，他才第一次感到风暴的云团正在这片阳光普照的平和天空上凝聚着。他还怀疑，派往“托尔计划”接头的，还不止他们这一队人。

他猜得不错。在遥远的外太空，地球和众行星游弋的空间以外，大联邦联军的司令官正在集结一支小小的飞船舰队。如同一只盘旋在猎物头顶的鹞子，舰队指挥布里南将军也在等待着俯冲的那一刻。前不久，他还是赫普鲁士大学的电气工程教授，此时却提领着舰队，向月球上空迫近。

他在等待着行动的信号，尽管他希望它永远也不要到来。

15

卡尔·斯蒂芬森博士没有停下来琢磨一番，看看自己是不是条勇敢的汉子。他有生以来从来没有像现在这样，把原始的血气之勇也当作一种美德，也想不到面对即将来临的危机，自己能表现得如此从容安详——对此他既欣慰又吃惊。他多半会在几个小时之内死去。这样的想法并没让他恐惧，他只是感到心烦气恼。他还有那么多工作想要做，那么多理论需要验证。经过了两年毫无意义的精力消耗，如果能重新回去从事科研工作，该有多么美好。然而那是白日做梦，他眼下的奢望，仅仅是全身而退。

他打开公文包，抽出一摞线路图和部件明细表。他发现惠勒正盯着那些复杂的电路和贴在上面的密码标签，坦白地表露出好奇，这让他觉得有些好笑。好了，现在已经用不着什么安全措施了，要不是斯蒂芬森亲自发明了这些电路，恐怕他自己也是看不懂的。

他再次瞥了一眼行李箱，确认拉链是合拢的。那里面的东西，多半要决定不止一个行星世界的未来。还有多少人能受命去完成像这样的使命呢？斯蒂芬森只能再想到两个例子，两个都发生在第二次世界大战期间。当时有一位英国科学家，带着一个小盒子穿越大西洋——后来这个盒子被称为有史以来抵达美国海岸的最珍贵货物。盒里盛的正是磁电管——有了这项发明，才有了雷达，才有了击垮希特勒强权的关键性武器。此后又过了几年，有一架飞机横跨太平洋来到了提尼安岛，携带着当时所能获得的几乎全部的铀235。

然而所有上述使命，不论它们何等重要，要论紧急的程度，都及不上眼前这一项。

斯蒂芬森仅仅同哲美森和惠勒客套地寒暄了几句，对他们的合作表示了感谢。他完全不了解他们，只知道他们来自天文台，是志愿前来送他一程的。既然他们是科学家，那么自然会对他此行要做什么感到好奇，所以当哲美森将毛虫交给同伴驾驶，然后向他走过来的时候，斯蒂芬森也不觉得吃惊。

“从现在起路况就没那么糟了，”哲美森说道，“二十分钟之内我们就能到那个叫‘托尔’的地方。你还满意吧？”

斯蒂芬森点点头。

“反正现在比那艘该死的飞船抛锚的时候强多了。你多半会因为这个领到特别奖章的。”

“我没兴趣，”哲美森相当冷漠地说道，“我只是想去做最正当的事情。你能确定你做的事情是正当的吗？”

斯蒂芬森惊讶地望着他，不过一瞬间他就认清了当下的状况。在他的青年同事中，他也遇到过哲美森这个类型的。这些理想主义者都有一个苦苦探索中的心灵世界。等到年龄增加，他们又都会从里面走出来。他时常弄不清这是他们的悲剧还是福分。

“你想要我预测将来，”他平静地说，“长远地看，没人能预料他的所作所为是正还是邪。不过我在为保卫地球而工作，而且就算有人发起进攻，那也将是来自大联邦方面的，而不是来自我们的。我想你应该认清这一点。”

“但我们没有去激怒对方吗？”

“某种程度上，也许有过——不过双方都会拿出许多理由的。你把大联邦看作充满乐观精神的先行者，在外面的行星上建设着新的文明。你忘了他们也会变得冷酷而不择手段。你还记得他们拒绝为我们运送补给，除非我们肯出极高的价钱吗？

他们就这样把我们从一个个小行星上排挤出去。看看他们怎么样制造障碍，限制我们飞往木星以外的太空——瞧瞧，他们已经把四分之三的太阳系变成禁区了！等他们得到了一切想要的，就会更加不可一世。我认为他们既然做出了自取其辱的事情，那就不妨真给他们点颜色。走到这一步挺遗憾的，不过我看没的选择了。”

他瞥了一眼手表，只见就要到整点了，于是继续说道：“你是否介意打开广播听听新闻？我想听听最新进展。”

哲美森调整好频率，将天线系统对准了地球。地球后面的太阳造成了很严重的噪声，因为它此刻同地球正好在一条线上，不过电台的功率还足够把广播的内容清楚地传送出来，而且没有丝毫的减弱。

斯蒂芬森很吃惊，因为他发现毛虫车里的计时器快了一秒钟。随即他才意识到那是为“月球格林尼治时间”特别设定的。他所听到的信号，连接了地月之间的漫漫四十万千米。一想到同母土之间的距离，他的心也为之一寒。

接着，静默延续了很久，哲美森不由得调高了音量，想检查一下机器是否还在正常工作。整整过了一分钟，播音员才开口，他拼尽全力地想让自己的声音显得比以往更客观，更冷静：

“这是来自地球的呼叫。以下声明来自海牙——

“此前三大行星联邦已通知地球政府，他们将意图占据月球的部分地区，任何对此类行动的抵抗都将遭到军事镇压。

“政府已经采取了一切必要步骤，以求保持月球的领土完整。并将尽早发布进一步的公告。目前需要强调的是，不存在迫切的危险。在地球二十小时航程内，不存在敌对飞船。

“以上插播来自地球。”

广播突然中止。只剩下嗞嗞的噪声，以及偶尔由太阳辐射造成的噼啪声。惠勒早已经停下了拖车，为的是听清公告。他坐在驾驶座上，望着他下方小小的车舱。斯蒂芬森正盯着铺展在地图桌上的线路图，不过显然心思不在那上面。哲美森站着不动，一只手仍然放在音量旋钮上——他自广播开始就没有挪动过。接着，他一言不发，爬上驾驶舱，从惠勒手里接过了掌控。

惠勒对斯蒂芬森喊道：“我们快到了！瞧——近在眼前。”对于斯蒂芬森来说，等听到惠勒喊他的时候，似乎已经过去了相当漫长的一段时间，他走到前部的观察窗口，盯视着裂缝遍布的崎岖地表。一场战斗，就是为了这样的地方，他心里想着。当然，岩浆岩和火山灰覆盖的荒原只是一个假象。在它的下面埋藏着人类耗费两百年才找到的宝藏。也许，永远找不到它们倒是个更好的结果……

前面还有两三千米路程，硕大无朋的金属穹顶正在阳光下熠熠生辉。从这个角度看去，它的外观十分惊人，那是因为它的背阴部分太黑了，黑得几乎看不到实体。第一眼望去，倒好像是被一把巨大的餐刀切去了一块。整块地方看起来像是完全被废弃了，然而斯蒂芬森知道，里面一定是一派如火如荼的忙碌。他祈祷着，巴望自己的助手们已经完成了电力布线和预调制器的电路设计。

斯蒂芬森进入车舱后就没顾得上脱掉太空服，现在他开始调整头盔了。他在哲美森身后站起来，手扶着储物架稳住了自己的身子。

“好了，我们到了，”他说，“我能做的最后一件事情，就是让你们了解到底发生了什么事。”他朝着迅速靠近的穹顶欠下身。“这个地方起初是座矿井，现在依然是。我们取得了前所未有的成果——我们钻了一口一百千米深的矿井，穿透了月球的月壳，直达储量丰富的金属矿藏。”

“一百千米！”惠勒惊呼一声，“不可能！这么大的压力，没有一口井能保持开放的。”

“当然可能，而且已经办到了，”斯蒂芬森反驳道，“虽然我知道得也不多，但即使我知之甚详，这会儿也没时间讨论技术问题了。不过别忘了，这里是月球，钻井的深度可以达到地球上的六倍，依然不会坍塌。当然，这只是一部分原因。真正的秘密来自于我们所谓的‘压力采矿’。随着井深的增加，我们在井里灌入大比重的硅酮油，它的密度同周围的岩石是相等的。这么一来，不管你钻多深，内外压力始终相同，井口永远不会合拢。同许多简单的创意一样，要想实现它，需要大量技术性的工作。所有的操作设备必须在地下工作，承受巨大的压力，不过这个难题已经克服了，我们的采矿工作已经形成了有价值的产量规模。

“大联邦大约两年前就得到这项情报了。我们认为他们也做过相同的尝试，不过不太走运。于是他们决定，要是他们分不到一杯羹，我们也别想得到。他们的政策似乎是要用强权逼我们合作，他们休想。

“这就是背景知识，不过事到如今这些都是次要的了。这里还生产武器。有些已经完工，经过了测试，还有些正等着做最后调试。我带去的，是决定性武器的关键部件。所以说，地球也许欠着你们一份永远偿还不清的巨大人情呢。别打断我——我们马上说到重点了，这也是我最想告诉你们的。广播里说的所谓他们还在二十小时安全航程以外，并不是实话。那是大联邦希望我们信以为真的假象，我们也巴不得他们真的认为我们还被蒙在鼓里。其实我们已经发现了他们的飞船，它们正在逼近，飞行速度比以往任何飞行器快十倍。我怀疑他们采用了革命性的新型推进方法——但愿他们还没有研制出新型武器。在他们到达此地之前，我们还有不到三个小时——假设他们的速度不再提升的话。你们也可以留下来，不过为了你们自己的安全，我建议你们调头原路返回天文台。如果你还在野外的时候就发生了什么状况，尽快找到地方隐蔽起来。可以钻到某个裂缝里，或者随便什么你们找得到的掩体，一直等到一切都平静了再出来。现在该说再见了，祝你们好运吧。我希望这项使命结束以后，咱们还有再见的机会。”

还不等两人开口回应，斯蒂芬森就紧紧攥着他那只神秘的行李箱，消失在了密封舱里。现在，他们驶入了巨大穹顶的阴影里，哲美森转着圈，寻找着开口。没多久，他就看到了他和惠勒曾经走过的那个入口，于是他停下了费尔迪南德号。

拖车的外层车门闭合了，“密封过渡舱已撤空”的标志灯闪动起来。他们望着斯蒂芬森跑步奔向穹顶，看到他跑到大门前，一个环形的过渡舱恰好为他敞开，随后舱门又在他身后紧紧合拢。

在建筑物的巨大阴影里，只剩下了一辆毛虫拖车。别处再也没有任何生命的迹象，然而突然间，毛虫拖车的金属结构振动起来，频率稳步加快。控制板上的仪表指针剧烈地摇摆着，灯光也暗下来，接着，一切又恢复如初了。不过某种巨大的场力已经扫荡着冲出了穹顶，此刻还在向太空扩展着。这对搭档分明感到一股笼罩着一切的能量，似乎正在蓄势待发。他们开始理解斯蒂芬森为何发出那样迫切的警告。这偌大一块荒野，似乎正在全神贯注地等待着什么。甲壳虫般的拖车穿越着荒原上的一道道陡坡，向着远处的小山驶去——那里应该是安全的地方。但是，他们真能确定那里没有危险吗？哲美森感到怀疑。他记得两个世纪前发明的那种武器。那仅仅是当今战争艺术的一个小小开端啊。他的周围是静默的大地，此刻正在承受着正午的太阳，也许过不了多久，它还要承受比这强烈得多的辐射。

他继续向拖车投下阴影的方向驶去，驶向柏拉图平原的“围墙”——它就耸立在天际线上，好像巨人筑起的城堡要塞。然而真正的军事要塞在他的身后，那里正在试制前所未有的武器，准备迎接一场严酷的磨难。

16

如果哲美森专心驾驶，少想些政治问题，也许一切都不会发生——不过，眼下这样的形势，也很难责怪他。当时，前面的地面看上去平整而坚实，同此前他们平安走过的路面没什么两样。

地面的确很平，然而却像水面一样不坚实。那一刹那，费尔迪南德号的引擎转速加剧，车头消失在一大团尘沙的云雾中，哲美森就知道大事不好。整个车身前倾下去，剧烈地摇晃起来，还不等哲美森采取任何措施，它就完全失控了。它像一艘失事的巨大海轮，开始向下坠。惠勒的眼里充满了恐惧，他感觉自己陷在了一团旋转的云层下面。几秒钟的工夫，太阳光在他们周围消失了。哲美森已经将马达熄火。他们沉入了月面以下，周围完全静下来，只剩下循环风扇发出嘀嘀咕咕的声音。

哲美森摸索着找到了开关，舱内的灯光亮了起来。有一阵子，两人惊得都傻眼了，无助地互相盯视着，做不出任何应对的举动。接着，惠勒不太稳当地迈开脚步，来到最近的观察窗前。他彻彻底底地看不见任何东西，什么样的夜都及不上眼前的黑暗。厚厚的石英玻璃上似乎蒙上了天鹅绒窗帘，一丝光线也透不进来了。

突然，随着一记柔和但清晰的弹动，费尔迪南德号碰到了坚实的底面，停止了下沉。

“感谢上帝，”哲美森喘息着道，“还不算很深。”

“那对咱们又有什么好处？”惠勒问道，他几乎不敢想象还能有什么希望。关于这种凶险的尘沙侵蚀坑，以及被它们吞噬的人和车，他听说过太多的恐怖故事。

所幸的是，相比于游客中那些越吹越玄的传言，月球侵蚀坑并没有那样遍地都是，因为它们只有在相当特殊的条件下才会出现，直到现在，这些成因也没有完全弄清楚。必要条件包括一处浅底火山坑、某种符合条件的岩石，再经过数百万年，这期间的昼夜气温差会缓慢地将岩石表层揉碎。在这个漫长的过程中，尘沙的颗粒会越来越细，直到最后变得能够如液体般流动，并且在火山坑底部沉积起来。的确，从任何意义上说，它几乎都是真正的液体。它的颗粒实在太细了，如果用桶来装，它会像润滑油一般流溢出来。到了夜间，人们可以看到其中循环往复的对流，因为冷却的层面会沉降，而下面较热的层面会升到上层。这个效应让人们很容易找到尘沙侵蚀坑的位置，因为红外线热感应器能够在几千米外就“看”到它们不正常的热辐射。但是在白昼期，这个办法不管用，因为太阳的热量起到了遮蔽的作用。

“没有必要这么惊慌，”哲美森说，尽管他的语气并不太开心，“我想我们能冲出去。这一定是个很小的坑，不然前人早该发现了。这个地区应该在地图上有详尽标记的。”

“它够大了，已经把我们完全吞下来了。”

“是的，不过别忘了这种东西的特征。只要我们能让马达一直转起来，就有机会冲出一条路——就像潜水坦克可以从海底冲上沙滩那样。我苦恼的问题是，到底该向前冲，还是想法子退出去。”

“如果向前，也许会陷更深。”

“未必。我说过的，它一定是个很小的坑，凭咱们的动力，可能已经靠惯性开过了一半的距离。你说现在底面是朝哪个方向倾斜呢？”

“前面似乎比后面高一点点。”

“我也是这么想的。我会往前开——往前的动力也大一些。”

哲美森非常轻柔地将挡位调到了最低。引擎启动，拖车震动着，抗争着，他们向前拱了几厘米，又停下了。

“我担心的就是这个，”哲美森说道，“我没办法稳步持续地前进。咱们只能猛冲一下就停下来。上帝保佑引擎和传动装置都能抗得住。”

他们一次次地向前冲，速度慢得令人煎熬，后来，哲美森干脆关上了引擎。

“你为什么熄火？”惠勒焦急地问，“我们似乎有进展了。”

“是的。不过我们的温度太高了。周围的沙尘几乎是完全隔热的。我们必须等一分钟冷却。”

坐在明亮的车舱里，他俩都没心情说话。惠勒琢磨着，这里搞不好会变成他们的墓穴。他们一路奔逃，为的是找一处安全的地方，却遇上这样的事故，真是一种讽刺。

“你听到响声了吗？”哲美森突然说。他关掉了循环风扇，于是舱内完全静下来。

极微弱的声音从四壁穿透进来。那是一种私语般的沙沙声，惠勒想象不出来那到底是什么。

“沙层在往上升。它非常不稳定，你知道的，即使很小的热量也会造成对流。我认为我们会在上面搞出一个不小的喷泉——如果有人经过的话，倒是可以帮助他们发现我们。”

一定程度上，这也是个安慰。他们的氧气和食物还可以维持许多天——所有的拖车都配有充足的紧急事故储备——而且天文台也知道他们的大概方位。不过要不了多久，天文台自身或许会遭遇到麻烦，没有能力再顾及他们了……

哲美森再次启动了马达，结实的机车又开始向前冲，在四面包裹的流沙里穿行。到底向前走了多少，根本无法知晓，惠勒不敢想象如果引擎出故障了又该怎么办。毛虫车的轮胎向前碾压着车底的岩层，整台车摇晃着，呻吟着，承受着难以承受的负荷。

几乎过了一个小时，他们才确信自己的确有所进展。拖车所在的岩层的确是向上翘起的，然而他们还是无法知道自己在半液状的尘沙里到底陷得有多深。他们也许随时可能重见天日，又或者他们还要像蜗牛一样向前挣扎一百米。

哲美森每次停下来的间隔越来越长，这或许可以减缓引擎的压力，却丝毫不能减缓乘客的压力。在一次间隔中，惠勒径直问他，如果再也没法挪动了又该怎么应对。

“我们只会面对两种可能，”哲美森答道，“我们可以就地等待营救，也许倒不失为一个好办法，因为我们留下过车辙，它可以指示我们的准确位置。另一个选择就是走出去。”

“什么！那是不可能的！”

“大有可能。我知道一起先例。那就像是从沉没的潜水艇里逃生。”

“这是个可怕的想法——打算从这种东西里游出去？”

“我小的时候有一次陷在雪堆里，所以我想象得出那大概是什么样子。最大的危险是迷失方向，原地打转直到筋疲力尽。咱们还是先期望别出现那种情况吧。”

惠勒意识到，他已经很久很久没有听到这种大事化小的安慰之词了。

又过了一个小时，车顶的驾驶舱从尘沙中露出了脑袋。迎接阳光的喜悦真是无与伦比。然而，他们依旧没有脱险。尽管阻力减弱，费尔迪南德号的速度也能提高了，但前方还有可能出现意料之外的塌陷。

惠勒既好奇又厌恶地望着这恶兽般的物质打着旋涡从车边流过去。有时候他很难相信他们不是在液体中逆水而上，唯有缓慢的行进速度才能将这个错觉打破。他琢磨着，是不是应该提出一项建议，要求将毛虫车的车体改造成流线型，再遇到眼前这种事故，想必会更有把握脱困。地球上的人恐怕做梦也想象不出会有这种情况吧？

终于，费尔迪南德号爬升到了干燥、坚实的安全地带——当然，这里实际上并不比那死亡之水般的流质更干燥。哲美森经过一番紧张的折腾，几乎筋疲力尽。他软瘫着趴在了仪表盘上。因为阵阵后怕，惠勒虚弱地颤抖着，不过脱离危险毕竟让他大喜过望，所以也就不在乎这点不良反应了。

重见天日让他感到解脱，然而他忘了，他们是三个小时前离开“托尔计划”的，到现在仅仅驶出了不到二十千米。

尽管如此，他们还是有可能躲过一劫的。他们继续上路，然而当他们翻越一道和缓的山脊时，听到一声金属撕裂的尖声巨响，费尔迪南德号就地打了一个转。哲美森立即关掉了引擎，他们侧舷面对着行进方向，停了下来。

“这下完了，”哲美森轻声说，“一定是这个原因。不过我们还是得庆幸啊。如果刚才在侵蚀坑里右舷传动出了故障……”他没把话说完就转身来到了观察窗前，顺着来时的车辙向回望去。惠勒也顺着他的目光跟着望出去。

在地平线上，依然能看见“托尔计划”的穹顶。也许他们的运气已经发挥到了极限——然而，如果他们能充分利用月面的弧度，将自己同一场正在酝酿中的风暴隔开，那就更完美了。

17

即使到今天，“皮科山战役”到底是用了什么武器，还是鲜有披露。已知的情况是，导弹仅仅起到了次要的作用。在太空战争中，任何打击如果不能直接命中，就毫无用处，因为冲击波的能量在真空中是没办法传递的。一颗原子弹也无法靠爆破的力量杀伤几百米以外的目标，而且即使是它的辐射，对保护得当的建筑工事也只能造成很小的损害。而且，地球和大联邦方面都有足够的能力有效地化解投弹武器的进攻。

纯粹的非实体物质武器扮演了最关键的角色。在这个类型的武器中，离子束是最简单的，它由太空飞船的动力部分直接演化而来。自从近三个世纪前，第一枚电子管发明以来，人类学会了生产更多种类的能量粒子，并且学会了将粒子束的能量不断集中。标志着这项进步最高潮的，是太空船上的“离子火箭”——这种火箭可以喷发出强劲的带电粒子束。尽管人们采取了措施，降低粒子火箭喷射的强度，控制它的射程范围，但是这种致命的粒子束还是在太空中造成了无数恶性事故。

魔高一尺，道高一丈，为了对付这种武器，一个最简便的方法应运而生。既然电磁场可以产生粒子，那它也就能消散它们，将它们从毁灭性的射线转化为无害的、分散的粒子喷雾。

更有效，但也更难实现的办法是以纯粹的辐射作为武器。尽管如此，地球和大联邦竟然都成功地实现了。剩下的问题就是看谁将自身的优势发挥得更好了——大联邦的科技更先进，而地球的生产能力则更优越。

当他的小小舰队迫近月球的时候，布里南将军对所有的这些因素都了然于心。他同所有的司令官一样，一旦开始行动了，总感到手上的资源不够用。说真的，依着他的本心，他根本不愿意参加这次行动。

由客运船转型的波江号和由货运船全面改建的忘却号，也就是曾经在劳氏船籍社注册的晨星号和参宿七号。现在，它们正沿着精心设计好的航线，徘徊于地球和月球之间。布里南不知道它们还能不能做到出其不意。不过即使它们被侦测到了，地球方面可能也估计不到还存在第三艘最大的飞船——黄泉号。他不知道是哪个浪漫主义者想出了这些富有神秘气息的名字——多半是丘吉尔总长。这个人事事处处都会尽力向那位著名的祖先看齐。不过这些名字取得不算不妥——“波江”和“忘却”分别是死亡之河与遗忘之河，不错，不等这一天过去，许多人就可能需要面对两件事情了……

柯蒂斯上尉大部分工作时间都在太空中度过，这在团队中是为数不多的。他抬头望着通信台的台面。

“刚刚有信息从月球传过来，是署名递给我们的。”

布里南剧烈地颤抖起来。如果对手发现了他们，难道还会手下留情，等着敌人主动坦白？他迅速地瞥了一眼信息，随即长出了一口气。

> 天文台电告大联邦。提醒贵方注意，敝台在柏拉图保有无可替代的仪器。全体属员也留在该地。总监麦克劳伦。

“不要这样吓唬我，柯蒂斯，”将军说，“我以为你想说有激光束正在瞄准我。我一想到他们会不会从那么远的地方就发现了我们，心里就烦。”

“对不起，先生。这只是一条普通的广播。他们用的还是天文台原有的频率。”

布里南将信息递给了他的操作副官默顿上尉。

“你怎么解读它？你在那里工作过，对吧？”

默顿读着消息，露出了微笑。

“麦克劳伦就是这么个人。仪器第一，人员第二。没什么可特别担忧的，我会非常想念这家伙。仔细想想，一百千米是足够安全的距离了。除非是射偏的流弹直接击中它，他们都应该高枕无忧的。你知道的，他们隐蔽得很深。”

计时器的指针无情地斩杀着剩余的分分秒秒。布里南将军依然相信他的飞船隐藏在夜幕之中，没有被发现。他望着舰队的三个团火花，它们正在预定的范围内沿着航道向前爬行。他以往从未想过命运会作出这样的安排——几个行星世界的前途竟掌握在他的手中。

那沉睡在反应堆里的巨大能量，正在等待着他的命令，然而他没有去考虑这个。他不在乎人类回眸一望的时候，他会占据什么样的历史地位。同所有第一次面对战争的人一样，他所担心的只是，明天这个时候，他会身在何处。

在不到一百万千米以外，卡尔·斯蒂芬森坐在控制台前，望着太阳的图像。这是由“托尔计划”众多的摄像机中的一台摄取的；而这些相机其实就是“托尔”的眼睛。在他的周围，疲劳的技师们在他到来之前就几乎安置好了设备；现在，人们正在以无比迫切的速度，将他从地球带来的鉴别装置接入到电路之中。

斯蒂芬森转动旋钮，太阳的图像消失了。他从一架摄像机位游走到另一架，然而所有的“要塞之目”都成了瞎子。隐蔽工作完成了。

太疲倦了，已经感觉不到兴奋了，斯蒂芬森向后倒在椅子里，转身面向控制台。

“现在就看你们的了。调整好设置，让足够的光线通过，不要影响视觉，但是彻底阻挡紫外线。我们可以肯定，他们的射线和粒子束没有携带超过一千个埃斯琼的能量。他们发现所有的射线都弹开了，一定会吓一跳的。我还希望最好能全数还给他们自己呢。”

“等到屏蔽之后，真不知道我们从外面看起来是什么样。”有位工程师说道。

“就像一面完美无瑕的反射镜。只要它不断地反射，我们就可以安全抵挡纯辐射。我能向你们保证的只有这个了。”

斯蒂芬森看了看表。

“如果情报无误，我们还有二十分钟的闲暇时间。不过我不想托大。”

“至少麦克劳伦知道我们现在在哪里，”哲美森说着，关掉了无线电，“不过他不派人来拖我们出去，我也不怪他。”

“我们接下来怎么办？”

“弄些吃的，”哲美森一边应答着，一边走到了后面的小餐厅，“我想这就算是犒劳我们的。再说，也许会有好长一段路要走。”

惠勒的目光越过荒原，神经紧张地望向远处清晰可见的“托尔计划”穹顶。那一刻，他惊得张大了嘴，好长一阵子，他都恍恍惚惚地觉得是他的眼睛在欺骗他。

“哲美森！”他叫道，“过来看看这个！”

哲美森飞步来到他身边，与他一道盯住了远方的地平线。曾经被阴影遮蔽的半球体如今彻底改换了面貌。那个原先像一弯月牙似的，反射着太阳光的穹顶，此刻成了通身耀亮的一颗恒星，就好像一个球体的表面，完全变成了反射阳光的镜面。

通过望远镜，他们的第一印象得到了证实。穹顶本身已经看不见了，它已经变成了一团幻景般的银色。在惠勒眼里，它简直就是一滴巨大的液态汞形成的珠子，正趴在地平线上。

“我想知道他们怎么做成这样的。”哲美森精神不振地评论着，“我想是，呃，某种光学的干涉效应吧。一定是他们防卫系统的一部分。”

“咱们最好行动起来，”惠勒焦虑地说，“我不喜欢现在这副样子。待在这上面太暴露，太恐怖了。”

哲美森开始从打开的纸箱里往外拿东西。他扔给惠勒一些巧克力棒和压缩肉干。

“吃点儿这个吧，”他说，“咱们现在没时间张罗正餐了。你要是渴了，最好喝点东西。不过别喝太多——你得穿着太空服待很久呢，到时候可没法方便。”

惠勒在心里做着计算。他们应该距离基地约八十千米，与天文台之间隔着整整一个柏拉图平原。是的，徒步回家是很长一段路——而他们留在原地也许更安全。久经考验、为他们提供了庇护的毛虫车会保护他们免遭许多问题的困扰。

哲美森想了想这个主意，很快又否定了它。“还记得斯蒂芬森说的吗，”他提醒惠勒，“他让我们尽可能快地找到地下的掩体。这话一定大有道理。”

他们在拖车五十米以内找到了一处裂缝，在距离托尔要塞较远的另一侧山脊上。裂缝的深度，刚好够他们站直身体还能探头远望，岩峰的底面上足够平坦，大可躺下来休息。哲美森找到了这样一处量身定做的堑壕，心情好了很多。

“现在唯一让我担心的是，”他说，“我们到底该等待多久。说不定还有可能什么事也不会发生。再有，如果我们走出去，会不会在野外被逮个正着？”

经过一番讨论，他们达成了折中的方案：继续穿着太空服，但是暂时回到费尔迪南德号里坐下来，那里至少舒服一些。一旦有必要，几秒钟之内他们还可以回到壕沟里。

那一刻，没有任何征兆预警。雨海里蒙尘的灰色岩石被一道光束烧焦了——这种光束是它们有史以来从未经历过的。惠勒的第一印象是有人用极大功率的探照灯直射在了拖车的顶上，接着他才意识到，这场光芒盖过阳光的爆炸，其实发生在数十千米以外。在地平线以上的高处，有一个紫色的火团——它是一个完整的球体，一边迅速变暗，一边扩张变大。数秒钟的工夫，它就消退成了一团闪光的雾气，从月面上坠落下去，如同绚丽的落日余晖。

“咱们好蠢啊，”哲美森沉重地说道，“那是个核弹头，我差一点都死在外面了。”

“胡说，”惠勒反驳着，尽管他的语气里没有多少信心，“那是五十千米以外。伽马射线到了我们这里已经很微弱了——那些掩体还可以遮挡。”

哲美森没有答话，他径直向密封过渡舱走去。惠勒随后跟上，接着他又想起车上还有个辐射检测仪，于是回身去取。趁现在还在车里，还能做点什么有用的事？情急之间，他猛地拽下厕所小隔间的门帘杆子，然后又将水池上方的镜子摘下来。

他追到密封舱的时候，哲美森已经在那里等得不耐烦了，惠勒将辐射计递给他，不过没有再费口舌解释自己手上的其他物件。直到他们在壕沟里安顿好，他才开口陈说他的目的。

“如果有什么事情是我觉得最紧要的，”他闹情绪似的说道，“那就是看清眼前的情况。”他开始用金属丝将镜子固定在门帘竿子上。过了几分钟，他做好了一支简易“潜望镜”。

“我刚好能看见穹顶，”他带着几分满意说道，“在我看来它没受什么影响。”

“有可能，”哲美森应道，“他们一定是在几英里以外引爆炸弹的。”

“也许只是发出一个警告。”

“不大像！没有人会用钚弹做烟火表演。这一定是有目的的进攻。我不知道下一波进攻会在何时。”

五分钟过去了，第二波还没有来。接着，三颗耀亮的核弹小太阳几乎同时升腾在空中。从划过的弹道看，它们都是投向穹顶的，然而远未来得及触到目标，就全都消散成了稀薄的云雾。

“对地球的第一波和第二波，”惠勒嘟囔着，“我就搞不懂这些制导炸弹从哪里来的呢？”

“随便哪一颗，如果恰好在头顶引爆，咱们就完蛋了，别忘了这里没有空气，伽马射线不会被吸收的。”

“辐射计怎么显示的？”

“目前还没什么问题，不过我担心上一次爆炸，咱们还在车里的时候。”

惠勒正忙着搜索天空中，顾不上回应这个问题。此刻，他不必直接面对刺眼的太阳，于是可以一直向高天以外望去。就在那里，在星辰之间，一定有大联邦的飞船。它们正在准备着下一轮攻击。要想凭肉眼观察到这些飞船，当然几乎不可能，不过他还是多半看得到他们发射的武器。

从皮科山以外的某个地方，六道火焰以巨大的加速度射向天空。月球上的穹顶发出了它的第一波导弹，径直射向太阳的方向。忘却号和波江号采用了同战争史一样古老的策略，它们的进军方向与阳光投射的方向一致，如此，对手的视野就遭到了遮蔽。背后的太阳发出辐射，即使是雷达也会遭到干扰——布里南司令官将两块巨大的太阳黑子也征召入伍，协同作战了。

不到几秒钟，火箭就在光芒中消失了。时间似乎过去了几分钟，阳光霎时间增强了一百倍。惠勒一边调整着潜望镜，一边心想，地球上的同胞们今夜算是有好风景看了。对于天文学家来说，大气层是那样碍手碍脚，而对于他们来说，它却正好可以遮挡核弹头放出的辐射。

导弹是否造成了破坏，无法知晓。这些巨大而无声的爆炸也许已经自行消散在太空，没有伤及任何目标。他发现，这是一场奇异的战斗。他可能从始至终也看不到大联邦的飞船，而它们也自然会通身漆成黑色，以免在外太空被发现。

接着他看到穹顶发生了状况。它再也不是一面反射着阳光的球形镜子了。光芒从它通身各处流溢出来，而它的绚烂夺目也一秒甚过一秒。从空中的某个地方，有人正在将巨大的能量倾泻在这座要塞上。这必定是来自大联邦那些悬浮在星空的飞船，它们正在将无数个百万千瓦以上的粒子束发射到月球上。然而这些飞船依然没有露出形迹，因为这些能量的湍流无形地穿过太空，是肉眼看不到的。

此刻的穹顶已经太亮，没办法直视了，惠勒重新调整着“潜望”滤光镜。他不知道在这样的攻击下，穹顶何时会还以颜色，或者说，它还有没有能力腾出手来反攻。接着，他看到巨球周围罩上了一圈摇摆不定的光晕，就好像电气实验中的刷型放电。几乎与此同时，哲美森的声音在耳边响起来：“瞧！惠勒！就在头顶上！”

惠勒将目光从滤光镜上移开，直接望向天空。这是第一次，他看到了一艘大联邦的飞船。当然，他不知道自己看到的正是黄泉号——历史上唯一一艘专门为战争特制的飞船。只见它清晰地出现在视野里，而且看起来似乎近在眼前。在它和要塞之间，有一圈环状的光团，好像一块神秘莫测的飞天盾牌——它由樱桃红变为蓝白色，然后再变为烧焦般的紫色——只有那些温度最高的恒星才会有这种颜色。“盾牌”来回摆动着，似乎是在两股对立的巨大能量之间寻找着平衡。惠勒盯着它，浑然忘了自己所处的险境，只见整艘飞船也被微弱的光圈围绕着。一旦光圈的某个地方遭遇要塞一方武器的撕扯，那里就会变成一团耀眼的白炽。

过了一段时间，他才意识到空中还有另外两艘飞船，也都在各自的光罩保护之下。此时战斗已经展开。此前，双方都是在高度警惕地试验着各自的攻防手段，现在，力的较量方才开始。

两位天文学家迷惑地望着这些飞行的火球。眼前的一幕是崭新的——比任何一件武器的意义都更加重大得多。这些飞行器拥有一种新式推进手段，足以淘汰火箭。它们可以随心所欲地朝任何一个方向自由翱翔，而且加速度很高。它们的确需要这种机动性。因为要塞里所有的设备都是固定的，武器威力就比它们大得多；而它们的防御手段，很大程度上来自于它们的速度。

在完全静默无声的状态下，战斗一步步走向高潮。数百万年前，冷却的岩浆形成了这片雨海的岩石。如今这些飞船的武器又让这些岩石再次成了岩浆。在要塞的外边，攻方的粒子束将愤恨宣泄在岩石上，岩石熔化后又变成白炽的雨雾射向空中。完全无法判断哪一方给对手造成的损伤更大些。要塞的保护屏上会反射出火焰，就好像白热的钢铁上弹起来的火花。那时候，飞船就会以不可思议的加速度闪开，而要塞里瞄准设备还需要几秒钟才能再次锁定它。

惠勒和哲美森都感到吃惊，因为战斗竟然在如此近的距离上展开。交战双方多半从未相隔一百千米以上，而且时常还远远近于这个距离。说真的，当你用光速的武器作战，或者说得更透彻些，当你在用光束作战的时候，这一点距离实在太微不足道了。

直到战后他们才想到这个现象该作何解释。所有的辐射武器都有一个局限，它们必须遵守负二次方定律。以炸药为弹头的导弹，不会因为射程产生不同的杀伤力。如果一个目标遭到的是原子弹打击，那么无论核弹飞行十千米还是一千千米，效果都是一样的。

然而对任何形式的辐射武器来说，距离增加一倍，那么功率就只剩下四分之一了，因为光束的能量会在传播途中分散。因此，毫无疑问，大联邦的司令官会拿出最大的胆量去接近目标。

要塞一方，由于缺乏机动性，必须承受飞船对它的一切暴行。战端开启几分钟后，不经保护的肉眼就再也没法面对南方的任何一个地方了。岩石融化后的蒸气时时被抛向高空，然后又坠落下来，好像荧光闪闪的水雾。不多久后，惠勒尝试着调整他的简易潜望镜，然后透过深色遮光镜向外望去，他简直不敢相信他所看到的骇人一幕。在穹顶底部的周围，岩浆已形成了一个缓慢扩展的圆环，山脊正逐渐被它融化，连岩石堆也变得如同一坨坨的白蜡。

这是令人惊叹的一幕，以往他从来没有如此清晰地领略过武器的力量有多么骇人，而今天这一切仅在几千米以外。哪怕只有一丝一缕的能量束反射到他们这里，他俩就会迅速化为乌有，就好像烈焰中的一只蛾子。

接着，三艘战船似乎开始采用一种较为复杂的战术编队，为的是对要塞保持最大限度的轰炸态势，同时减少它的反击机会。有几次，某一艘战船从他们头顶掠过，惠勒会尽快躲进石缝，唯恐从反射屏弹回来的辐射会溅落到他们头上。哲美森已经不再劝说他的同伴少冒风险，他沿着壕沟爬行了一段距离，寻找着更深处的避难所，最好是头顶有遮盖物的。所幸，他离得并不太远，岩石也帮忙阻挡了无线电波的消散，所以，惠勒可以不断地为他现场解说战况。

难以相信的是，整场战斗到目前为止只延续了不到十分钟。惠勒警惕地扫视着南方的火光，他注意到巨大的半球体似乎有些不对称了。开始他以为是有一台发电机故障，令防护罩无法维持原状。接着他看到岩浆的河流至少已漫延一千米，于是猜想是整个军事要塞从地基上漂浮起来了。防御者自己多半还没有意识到这一点。他们的隔热系统一定能阻挡太阳的热能，对于岩浆的小小热度，恐怕没什么反应。

现在，奇怪的事情又发生了。作战的光束不再隐形，那是因为要塞上空不再是真空状态了。在它的周围，熔沸的岩石释放出大量的气体，穿过气体的一道道光束清晰可辨，犹如地球上雾气氤氲的探照灯光。与此同时，惠勒开始注意到，在他的周围不断有雹子般的微小颗粒撒下来。他迷惑了一阵子，随后明白过来，那是岩石的蒸气在半空又凝成的石屑，然后撒落下来。它们都很轻，很小，似乎没什么危险，他也没有告诉哲美森——他不想让哲美森担忧太多。只要撒落的尘砂不太重，普通的隔热太空服就能抵挡得了。无论如何，它们落回地面的时候多半已经冷却了。

穹顶周围暂时形成的稀薄大气造成了另一个出人意料的效果。天地间偶尔会出现闪电。要塞周围一定累积了大量的静电。有些闪电本身应该是很壮观的，然而在白热化的云雾背景下很难看清楚。

尽管惠勒已经习惯了月球上永恒的沉寂，但他还是有一种不现实的感觉，因为眼前的冲突如此激烈，却连一丝声响也没有发出来。有的时候，他的身底能感到一阵阵柔和的振动，那也许是岩浆坠落后，通过岩石传递过来的震荡。然而绝大多数时间，他感到自己正在观看一档电视节目，而电视机的音频恰好出故障了。

事后，他几乎无法相信自己怎么会如此冒险，真是愚不可及。当时却毫无惧意，有的只是巨大的好奇和兴奋。尽管自己不知道，但其实他是完全被战争的极大魅力迷住了。男人的体内有一种致命的冲动，其中的道理难以名状——他们一旦看到精彩的场面，听到奇异的声音，连心跳也会为之加快的。

奇怪的是，惠勒对任何一方都没有归属或偏向的感觉。此刻，他的神经格外紧张，已经到了不正常的地步，在他看来，眼前的一切似乎只是专门为他安排的一场没有感情色彩的表演。他对哲美森生出一种轻蔑的情绪——为了苟且地追求平安，他错过了一场大戏。

也许真实的情况是，逃过了一劫的惠勒，此时处于亢奋状态，近乎于酣醉了，个人的安危似乎成了件荒唐的事情。他已经逃出了侵蚀坑，还有什么能伤害他？

哲美森没有感到这种心理的安慰。他几乎没看到战斗，不过对于它的恐怖和宏大，却比他的伙伴感受得还要深得多。现在后悔已经太迟了，然而他曾一次又一次地同他的良心斗争过。他气愤，因为造化把他摆在眼前的位置上——许多行星世界的命运也许就要因为他的行为而为之改辙。他气愤，还因为地球和大联邦竟然把局面搞到这步田地。一想到人类可能面对的未来画卷，他就从心里感到恶心。

惠勒始终不理解要塞方面为何等了这么久才用上了它的主战武器。也许斯蒂芬森，又或是别的什么负责人，在等待着攻方的松懈，如此他就可以腾出百万分之一秒，稍稍降低要塞的防御能量，趁机发射武器。

惠勒看到了，那是一根结结实实的光柱，向星空直刺出去。他记起了弥漫在天文台的传言。原来，这就是有人看到的，从山后闪出来的那道光束。他没时间去仔细思量这个现象如何违背了光学定律，因为他的双眼直盯住了头顶上被击伤的飞船。光束击穿了忘却号，就好像它根本不存在于空中——要塞方面一剑封喉，宛如昆虫学家钉死了一只蝴蝶。

不管你忠诚于哪一方，这都是可怕的一幕。眼看着一艘庞大的飞船突然间失去了防护屏，因为发电机停止了运转而无助地留在空中，全然没了保障。要塞方面的第二套武器立即向它开火，撕裂它的金属躯壳，将它的铠甲一层一层地融化了。接着，它开始缓缓地向月球表面着陆，而船体的骨架依然保持完整。没有人能知道它为什么没有着陆成功（多半是由于控制系统短路）。全体机组人员都不可能生还了——只见它向东坠下去，划过一条平整的抛物线。在船体完全融化之前，它的骨架结构几乎完全暴露出来。几分钟后，它坠毁了，消失在特内里费山脉的后面。蓝白色的光芒从地平线后面射出来，闪烁了一阵子。惠勒等待着，等着冲击波传到他身边。

接下来，就在他盯视着东方的时候，他看见荒原上升腾起一道尘沙，像一条横线一样向他扫过来，好似被强风吹过来一般。震荡波穿过了岩层，一路上将地表的尘沙高高弹入空中。这是一堵无声推进的墙，迅疾而无可阻挡，速度高达每秒几千米。任何人，如果不知道它的形成原因，一定会被吓坏的。不过它不会造成什么损害，波峰经过惠勒的时候，就好像一阵轻微的月震。尘沙的帘幕使能见度降低了几秒钟，然后，同它的来袭一样迅速地撤去了。

惠勒再次张望着寻找剩余的战舰时，它们已经离得太远了——飞船的保护屏障缩小成了天顶附近的小小火球。起初，他以为它们撤退了，接着，突然间，保护屏扩张起来，因为它们开始俯冲进攻了。那是一个完全垂直的加速俯冲。在要塞旁边，岩浆宛如一只只活物，在光束的激荡下狂野地抛入空中。

黄泉号和波江号在要塞上空约一千米停止了俯冲。有一瞬间，它们停止不动了；接着它们又一同回到高空。惠勒只是看见其中一艘船的保护屏比另一艘缩小得慢得多，他不知道，波江号已经遭到了致命的重创。他琢磨着，要塞会不会再次使用神秘的武器，又或者，防御的一方会认为已经没有这个必要了。

在十千米以上的空中，波江号的保护屏似乎爆炸了，它毫无屏障地悬浮着，在黑暗的空中变成了一枚几乎隐形的钝头鱼雷。接着，一刹那间，它的吸光油漆和下面的装甲被要塞的光束撕开了。庞大的船体变成了樱桃红色，随后是白色。它向前倾倒，船首指向月面，开始做最后俯冲。起初在惠勒看来，它似乎是对准他自己来的，接着他发现它冲向了要塞。它执行的，是船长的最后一道命令。

几乎是直接命中。垂死的飞船摔碎在岩浆的湖泊里，然后立即爆炸。球形的要塞被吞噬在烈焰之中。惠勒心想，这回一定是结束了。他等待着冲击波的到来。再一次，尘沙形成的墙壁扫过——这一次是朝向北方的。震荡极为剧烈，以至于他被弹得跳了起来。他无论如何也无法想象要塞里还能有幸存者。小心翼翼地，他将始终为他“转播”战况的“潜望镜”拽回来，自己探出堑壕张望着。他不知道，还有一场突发的终场戏没有上演。

不可思议的是，穹顶依然存在，只不过似乎被刀削去了一部分。那里静寂而没有生气。它的保护屏撤去了，能量耗尽了。它的守军，毫无疑问，都阵亡了。尽管如此，他们已经尽了职守。剩下的那艘联邦飞船已没了踪迹。它已经向火星方向撤退了，它的主要武器装备已经全部失效，动力装置也到了失灵的临界点。它再也不可能作战了——然而，在剩下的几个小时寿命里，它还要扮演最后一个角色。

“全都结束了，希德，”惠勒对着太空服里的无线电对讲机说道，“可以安全地出来看看了。”

哲美森从五十米以外的裂缝里爬出来，将辐射计举在身前。

“这周围还是很热，”惠勒听见他嘟囔着，一半是说给他自己的，“我们越快转移越好。”

“是不是回到费尔迪南德号里更安全？然后再接通无线

电……”惠勒说了一半，停下来。穹顶那边又发生了状况。

一阵火山爆发般的爆炸撕裂了地面。一道巨大的喷泉射出来，将大圆石抛到了数千米的高空。它迅速地飞溅而出，驱动着云团般的烟雾，出现在荒原上。有一阵子，它矗立在南方的天地间，犹如雄伟、灵异的巨树，从荒芜的月球尘土中喷薄着生长出来。接着，几乎同它的生长一样迅速，它又无声地坍塌下来。愤怒的尘雾消散在空中。

数千吨的沉重液体填充在人类钻出的最深的矿井里，确保这井口不会合拢，现在它们终于因为战斗留下的巨大能量从岩石中渗进去而达到了沸点。矿井的喷发同地球上石油的井喷一样壮观——这说明即使没有原子能，一样可以造就一场盛大的爆破。

18

对于天文台来说，这场战役无异于偶尔来自远方的月震，地面微弱的振动干扰了一些精密的仪器，然而没有造成任何实质损害。不过，心理上的损害，又另当别论了。发生了这么多的惊天巨变，却又对它们造成的后果茫然无知，对众人的士气实在是莫大的消磨。天文台充斥着各种不着边际的流言，通信部被各种问询淹没，然而即使在这里，也没有任何消息。来自地球的所有新闻广播都中断了，全人类都在等待着，似乎只要屏住了呼吸，战斗的硝烟就会散去，胜利的消息就会传来。然而出乎所有人意料的是，根本不存在什么胜利者。

最后的震荡消逝了，广播里传来公告，大联邦方面全面撤军了。一切都平息后，过了很久，麦克劳伦才撤销禁令，允许大家到地面上活动。经过此前紧张而亢奋的几个小时，众人得到的通报却相当扫兴。天文台周围的辐射剂量稍微增加了一些，不过还没有造成丝毫的伤害。当然，在群山的另外一边，就完全是另一番天地了。

惠勒和哲美森平安无事，消息传来，全体属员的士气获得了巨大的振奋。由于部分通信线路的故障，他们两人花了近一个小时才联络上地球，然后接通了天文台。长时间的延迟让人担忧而抓狂，因为他们不知道天文台是否遭了灭顶之灾。他们必须确认尚有可以投奔的地方，否则是不敢贸然动身徒步跋涉的——费尔迪南德号的放射性已经变得很强，不能再帮助他们逃难了。

消息传来时，萨德勒也在通信部，想要了解发生了什么事。

哲美森的声音显得很疲惫，他简短地报告了战役的过程，并请示下一步如何行动。

“车厢内的辐射计量读数是多少？”麦克劳伦问道。哲美森报上了数字。萨德勒依然感到奇怪，因为他至今搞不懂信号为什么要大老远地绕到地球，再转接回月球，而由此带来的三秒钟延迟则让他始终感到不习惯。

“我会要求卫生部计算出人体的承受限度，”麦克劳伦答道，“你说户外的读数只有车内的四分之一？”

“是的——我们尽可能留在拖车外面，为了接通和你们的联络，每隔十分钟进来一次。”

“最好的方案是这样：我们立即派一辆毛虫车出来，你们同时步行往回走。你们打算在什么地点接头呢？”

哲美森想了一阵子。

“让你的驾驶员开到好望关，靠近我们这一边的五千米路标处，我们会大约与他同时到达。我们会把太空服的无线电台打开，免得他找不到我们。”

麦克劳伦下达指令的时候，萨德勒问他营救车能不能再多容下一个人。如果他也一同前往，可以尽快地向惠勒和哲美森询问一些情况。等他们回到天文台，就会立即被关进医院，因为他们的辐射疾病需要接受治疗——当然他们自己还不知道这一点。他们不会有严重的危险，不过萨德勒担心，一旦他们到了医生的手里，自己就没什么机会见到他们了。

麦克劳伦答允了他的请求，又补上了一句话：“当然，你应该明白，这意味着你不得不向他们说明你的身份了，接下来不到十分钟，天文台上下就都会知道。”

“我想到这一点了，”萨德勒应道，“现在已经不要紧了。”他在心里又补上一句，以前他一直以为很要紧的。

半个小时之后，他领教了平稳迅捷的单轨车同摇摇晃晃的拖车有多么的不一样。然而过了一阵子，眼看着司机没心没肺地克服着噩梦般的地形，他也渐渐地习惯了颠簸，不再为自讨苦吃而后悔了。车上除了操作人员，还有卫生部的主任，一旦营救成功，他会立即为哲美森和惠勒验血和注射。

这次行程没有戏剧化的高潮，他们到达好望关顶端的时候，立即用无线电同哲美森和惠勒取得了联络。又过了十五分钟，两个跋涉的身影出现在视野里，他们登上机车的时候，没有特别的欢迎仪式，只有一次次热诚的握手。

毛虫车停留了一阵子，卫生主任为他们做了注射和检查。然后，他告诉惠勒："你必须卧床修养一周，不过没有大碍了。"

"那我呢？"哲美森问道。

"你没事。辐射的剂量小多了。休息两天就好了。"

"太值了，"惠勒欢快地说，"能看到这么一场盛大决战的节目，这点代价又算什么。"接着，脱险后的兴奋慢慢冷却，他焦虑地问道，"有什么最新消息？大联邦有没有攻击其他地方？"

"没有，"萨德勒应道，"我估计他们没这个能力了。不过他们似乎达到了他们的主要目的，也就是毁掉那座矿井。接下来会发生什么，就要看政治家的作为了。"

“嘿，”哲美森说，“你干吗到这儿来？”

萨德勒面露微笑：“我还在继续调查工作，不过，这么说吧，我的调研范围比任何人想象的还要大些。”

“你不会是媒体的记者吧？”惠勒怀疑地问道。

“呃，不是的。我情愿不是……”

“我知道了，”哲美森突然插话进来，“你是安全部门的什么人。这样就说得通了。”

萨德勒略带反感地望着他。他认定，哲美森的天分很高，也会因此把事情弄得更困难。

“这个无关紧要了。不过我想把你们看到的一切写成详尽报告上交。照你们看，除了联邦飞船的机组人员之外，你们两个是唯一幸存的目击者了？”

“我想是的，”哲美森说，“也就是说，‘托尔计划’被彻底夷为平地了？”

“是的，不过我想它已经达成使命了。”

“只不过，多么大的损失啊——斯蒂芬森，还有其他那么多人！要不是因为我，他多半还活着呢。”

“他知道自己在做什么，这是他自己的选择。”萨德勒相当简短地答道。的确，哲美森正在转变成为一个最富有反抗精神的英雄人物。

接下来的三十分钟，在他们翻越柏拉图“围墙”返回基地的路上，他向惠勒询问了这场战斗的前后经过。尽管由于惠勒的观察角度有限，只能看到“全场比赛”中很小的一部分，但对于那些在地球上撰写分析报告的战术家来说，他提供的信息仍具有不可估量的价值。

“最让我感到迷惑的是，”惠勒总结道，“要塞一方最后用来摧毁飞船的武器。它看起来像……呃，某种光束，不过当然是不可能的。光束在真空中不可见。而且我不理解，为什么他们只用了一次？你对这事儿有什么了解吗？”

“很遗憾我没有。”萨德勒回答道，不过实情并非如此。对于要塞的各种武器，他虽然所知不多，但对这一件的原理还是完全理解的。他懂得，熔融态的金属，一旦由历史上最强大的人工电磁场抛出去，以每秒数百千米的速度飞向空中，自然会看起来像一道光束。他还知道这是一种近程武器，它的设计初衷是用来撕裂磁场，使普通的弹道武器偏离轨道。它只有在最理想的条件下才能使用，而且产生磁场的能量来自巨大的电容器，这些电容需要很长时间才能重新充满。

这个谜团，必须由两位天文学家自己去解开了。萨德勒料想他们只要花点心思琢磨一下，用不了太多时间就能想出答案。

拖车谨慎地从陡坡上爬下来，进入了柏拉图，一架架望远镜的支架结构进入了视野。萨德勒心想，它们看上去简直就像几只工厂里的烟囱，周围架起了脚手架。尽管来到这里时间不长，他还是对它们产生了几分喜爱之情，而且同那些使用它们的科学家们一样，把它们想象成了有性格的人物。他同天文学家们一样，唯恐这些仪器受到损害——正是这些宝贝，将数百亿光年以外的消息传达给了地球。

一段高耸的峭壁遮住了阳光。他们一驶入阴影，黑暗便突兀地降临了。头顶出现了星辰，萨德勒的眼睛自动调节着适应了黑暗。他抬头盯住了北方的天空，同时发现惠勒和他做出了相同的动作。

新星天龙依然是天上最亮的星星之一，不过正在迅速暗淡下去。几天之内它就会比天狼星还暗，几个月之内，肉眼就再也看不到它了。当然，那里依然蕴藏着信息。科学家们能够向新星天龙学到很多东西，然而它能教给普通人些什么呢？

萨德勒心想，有这么一条——天堂里或许会燃起火焰，发出预兆；银河也许会有星辰爆炸，指点迷途；不过人类只会忙着自己的事情，奋不顾身，冷漠无情。他们正忙着行星间纠纷，所以恒星的事只能靠边站了。他们会无所顾忌地去做任何能办到的事，而且只要他们认为合适，丝毫也不会吝惜时间。

在回家的最后一段旅程中，营救者和被营救者都无话可说。惠勒显然开始受煎熬，因为事后袭来的惊惧，让他的双手紧张地痉挛起来。哲美森只顾呆坐着，望着天文台渐渐迫近，就像他以前从未见过它一样。他们驶入一千厘米望远镜的长长阴影，他转头问萨德勒："他们有没有及时把所有的东西隐蔽好？"

"我认为有的，"萨德勒答道，"我没听说有任何损失。"

哲美森心不在焉地点点头。他没有表现出愉悦或释然；他的情感达到了一种饱和的状态，之前几个小时的经历还在震荡着他，在完全平复之前，他其实是什么也听不进去的。

车子一开进地下车库，萨德勒立即撇下他们，急急忙忙赶回自己的房间撰写报告。这本是他职责以外的事情，不过他很高兴到了最后时刻自己还能做些建设性的工作。

这是一种高潮退去，虎头蛇尾的感觉——就好像风暴怒号后就一去不返了。战斗结束，萨德勒远远不像以往几天那样压抑了。在他看来，似乎地球和大联邦都被自己施展的强大力量所惊愕，也都同等地渴望着和平。

自离开地球以来，他第一次有勇气展望自己的未来。尽管不能彻底高枕无忧，不过地球本身遭到空袭的危险似乎已经远去。珍妮特是安全的，很快他就会再见到她了。至少他可以告诉她自己现在在哪里，因为事到如今，保密工作已经没有意义了。

不过在萨德勒的心里，还剩下一件让人烦心而且气馁的事。他的使命没有完成，心有不甘。虽说这项使命本身的性质，也许决定了它一定不会有结局，但萨德勒还是感到挫败。要是能弄清楚天文台里到底有没有这么一位间谍，他情愿付出更多的工夫……

19

飞马号客船载着三百名乘客和六十名机组乘务人员离开了地球，四天后，战争爆发，然后在当天结束。有一段时间，船上的气氛充满了迷乱和警戒，因为来自地球和大联邦的无线电信号都遭到了拦截。海尔斯蒂德船长被迫对一些乘客采取了强硬的手段，因为这些人不愿意冒着变成战犯的危险前往火星，他们要求返航。不过很难责怪他们，地球依然离得很近，看起来宛如一弯银色的美丽月牙，她身边的月球仿佛是她较小较暗的影子。即使从这里，从一百万千米以外的太空望去，灼烧过月球表面的巨大能量依然清晰可见，壮美的景观丝毫无助于平复乘客的情绪。

他们没法理解，航天机械师们为什么不能通融一下，答应他们的要求。飞马号已经远离地球，还有几个星期才能到达目的地。不过它已经达到了它的轨道速度，就好像一枚抛出去的弹道武器，而这条巨大弹道的终端则注定了只能是火星，无法改变。这是由无处不在的太阳引力决定的。没有回头路，那样的操作会消耗大量推进剂，而飞船承担不起。飞马号带有足量的尘沙，为的是到了运行轨道的末段，自身的速度能与火星的引力相匹配。而这样一来，在途中，它就只被允许进行合理而有限的航向调整。它的核反应堆能承担十二次旅程，然而如果没有足量的推进剂喷射出去，仅靠能量是没有用的。无论它的意愿如何，飞马号只能飞向火星了。海尔斯蒂德船长知道这不是一趟轻松愉快的旅程。

一声声的呼救信号通过无线电广播闯进船舱，吸引了飞马号和机组人员的全副精神。三百年来，在天空、海洋和太空，这个词语警告着一代代的营救人员，呼唤着船长们改变航向，奔向难兄难弟，伸出援手。然而对于太空飞船的指挥官来说，他们能做的事情并不多；在整个航天历史上，成功实现太空营救的先例只有三起。

出现这种情况的原因有两个，但各个航运公司只对其中一个大肆宣传。太空中出现严重的灾难事故是极为罕见的，几乎所有的事故都发生在从行星起飞或降落的阶段。一旦飞船进入太空，被抛入轨道后，它就会毫不费力地一直驶向目标，除了内部的问题或是机械故障，它不会遭遇别的什么麻烦了。这些内部问题乘客们了解得很少，一旦出现，也往往不是大问题，并由机组人员悄无声息地解决了。根据法律，所有的飞船都由几部分组成，每个部分的建造都是独立的，一旦有紧急事故，任何一部分都可以独立逃生。所以，最糟糕的情况无非是大家煎熬着度过几个小时，震怒的船长紧盯着工程主任排除故障而已。

空间营救极为罕见的第二个原因是：营救工作本身几乎无法办到。飞船的飞行速度极高，飞行路径则是精确计算好的，因此不允许做大的改动（飞马号的乘客现在总算开始理解这一点了）。每一艘飞船从一颗行星到另一颗行星的轨道都是唯一的。由于各行星不断变化的各种情况，不可能有飞船第二次经过同一路径。太空中没有“飞船公路”，一艘飞船与另一艘之间相距不到一百万千米的情况极少。即使距离能够接近一些，飞船之间速度差也往往是巨大的，所以船与船的接触几乎是不可能发生的事。

求救信号传来的时候，所有这些念头在海尔斯蒂德船长的心头闪过了一遍。他读着遇难船只的方位和航向——速度值经过信号传输，一定已经失真，高得荒谬而不可信了。他几乎可以肯定自己无能为力——信号太遥远了，还需要好几天才能达到信号的位置。

接着，他注意到了信息末尾的名字。他原以为自己熟悉太空中的每一条船，不过这艘船他却前所未闻。他迷惑地看了一会儿，突然间醒悟过来——他知道这是谁在呼叫了……

人家既在危难之中，敌意也就烟消云散了，这是海洋和太空中的人之常情。海尔斯蒂德船长向着控制台欠下身去，说道："信号部！替我接通他们的船长。"

"他正在线上。您可以讲话了，先生。"

海尔斯蒂德船长清了清嗓子。这是一次前所未有的经历，而且不是什么愉快的经历。即便是要对敌人说自己爱莫能助，也不会获得什么满足。

"我是飞马号海尔斯蒂德船长。请讲，"他开口了，"你的距离太远，无法实现接触。我们的额定速率不足每秒十千米。无需计算——我知道不可能。你有何建议？请确认你的速度——我们得到的数字有误。"

对方的答话到了，在眼前的情形下，四秒钟的延迟时间格外令人发狂。他们的回答既惊人又出乎意料。

"这里是联邦巡航飞船黄泉号，我是布里南将军。我可以向你确认我的速度。我方可以在两小时内与你实现接触，并且由我方自己调整航向。我们还有动力，但是必须在三小时内弃船。我们的辐射防护罩已经失落，主反应堆也越来越不稳定。我们现在可以实现手动控制，同你方会合后还能保持安全至少一个小时。不过无法保证更长时间了。”

海尔斯蒂德船长感到后心一阵发冷。他不懂反应堆怎么会不稳定的——但他懂得一旦发生会是什么后果。关于黄泉号，他不懂的事情太多了——首先就是它的速度。不过，有一件事情，他必须毫无疑义地向布里南将军交代清楚。

“‘飞马’呼叫‘黄泉’，”他答道，“我的船上有三百名乘客。如果有可能发生爆炸，那我就不能用全船人的性命去冒险。”

“没有危险——这个我可以保证。我们会有至少五分钟的预警时间，可以保证你们从容撤离。”

“很好——我会准备好密封过渡舱，我的机组会列队相迎的。”

一阵沉默，显然比无线电信号延迟的时间更长些。布里南随后应道：“这是我方的麻烦。我们只保留了前舱。这里没有通向外部的密封舱。船上共有一百二十人，只有五套太空服。”

海尔斯蒂德倒吸一口气，作出回应之前，他首先征询了导航主任。

“我们对此无能为力，”主任说，“他们必须自己打破船体钻出来，那样一来除了五名穿太空服的，其他人就算是完了——如果把他们都接上来，气压就跌下去了。”

海尔斯蒂德再次接通了对方：“‘飞马’致‘黄泉’，你对我们的营救工作有何建议？”

同一个近乎死亡状态的人讲话，感觉有些阴森可怖。太空中的传统同大海上一样严酷，黄泉号有五人可以获救，然而船长必定不在其中。

海尔斯蒂德却不知道布里南将军还有别的主意，而且完全没有放弃希望。不过在当前的情况下，他的想法显得太孤注一掷了。这个建议是对方的卫生部主任提出来的，他正在向己方机组人员作解释。

“我们打算这么办，”说话的男子又黑又瘦小，就在几个月前，他还是金星上最优秀的外科医生，“我们自己有一些小的密封过渡舱，但我们不能用，因为只有五套衣服。我们的船是为作战而设计的，不是为客运，我想设计者除了考虑到空间标准条例，一定还有别的想法。我们可以好好利用它自身的条件。

“我们会同飞马号并肩飞行两个小时。所幸的是对方有一个大的密封舱，如果挤一挤，可以装下三十到四十人——我们都不会穿太空服。我知道，这听起来很糟糕，不过这不等于自杀。你们会在太空中屏住呼吸，然后逃生！我知道这滋味不好受，不过你们的余生都有吹嘘的资本了。

“现在认真听着。我要向你们证明的第一件事，就是你们没有呼吸时还可以存活五分钟——事实上，可以做到不想呼吸。这是个简单的窍门儿——瑜伽师和魔术师已经掌握好几百年了，不过这其中没什么玄妙的东西，只是最基本的生理现象而已。为了给你们信心，我要你们做一个测试。”

卫生主任从口袋里拿出秒表，继续说道：“我一说‘开始！’，你们就呼气，直到呼不出来为止——把你肺里所有的空气都吐出去——看看你能坚持多久不换气。别紧张——感觉特别不舒服的时候就换一口气，然后正常呼吸。我从十五秒后开始读秒，这样你心里会有个数儿。如果你连一个十五秒也坚持不下来，那我建议你立刻辞了这份工作吧。”

笑声荡漾开去，打破了紧张气氛——这也是预计的效果。接着卫生主任举起了手，向下一挥，喊了声“开始！”人人吐出一口气，形成了一声巨大的叹息——彻底的静默开始了。

主任开始读秒的时候有人已经坚持不住，喘息起来。他继续读出第十六秒，又有个别人缴械投降了。整整一分钟过去后，依然有人在顽强坚持着。

“好的，可以了，”矮小的外科医生说道，“你们这些最顽强的可以停止炫耀了——你们把实验搞得变味儿了。”

又是一阵嬉笑，众人的士气再次振奋起来。他们依然没弄懂要做什么，不过至少大家在计划着采取行动，这给了他们获救的希望。

“来看看咱们的表现如何，”主任说道，“坚持十五到二十秒的举手……好，二十到二十五……好，二十五到三十——琼斯，你撒谎——十五秒你就喷出来了……好，三十到三十五……”

调查结束后，结果明确显示，半数以上的成员坚持到了三十秒以上，没有人低于十五秒。

“这个大约和我预计的一样，”主任说道，“你们可以把它看作是个参考实验，接下来咱们来点实际的。我应该对你们强调的是，我们在这里呼吸的几乎是纯氧气，气压是三百毫米汞柱。所以，虽然舱里的气压不到地球海平面的一半，你们的肺却比在地球上摄入的氧气多了一倍多——也比在火星和金星上吸入的多。你们有谁偷偷溜到厕所里抽过烟，一定注意到了氧气有多么浓，因为你们的烟几秒钟就抽完了。

“我对你们说这些，是因为它能提升你们的信心，做好下面的事情。你们要做的，就是将肺里彻底清空，还要让你的身体里充满氧气。这叫作‘过度换气’，简单地讲就是深呼吸。等我给你们发出信号的时候，我要你们竭尽全力地深吸气，然后彻彻底底把气都吐出来。然后继续重复这个动作，直到我要你们停下为止。我会要求你们连续做一分钟——结束以后你们有些人可能会有点头晕，不过会过去的。每一次呼吸都尽可能多地吸入，挥舞双臂，最大限度扩展你的肺活量。

“接着，一分钟到了以后，我会要你们吐气，然后屏住呼吸，我会再读一次秒。我认为结果会让你们大为惊讶的。好了——咱们行动起来！”

接下来的几分钟，拥挤的黄泉号船舱里出现了精彩壮观的一幕。一百多人挥舞着胳膊，打鼾一般深深地呼吸着，似乎每一次呼吸都是一次殊死挣扎。有些人挤得太紧了，竟致不能全力以赴，所有的人都必须固定住身体，免得动作太大而导致身体飘浮起来。

“好！”主任大喊一声，“停止呼吸——把所有的空气吐干净——看看你能坚持多久不换气。我还会读秒的，不过这回我会从第三十秒读起。”

非常明显，测试结果让每一个人都瞠目结舌。只有一个人没有坚持到一分钟，其他人则大多数都坚持了近两分钟才开始换气。实际情况是，要想恢复正常呼吸，还必须特地努力一下。还有一些人，三四分钟过去了，依然泰然自若。其中一位坚持到了五分钟，在医生制止下才停了下来。

“我想证明的是什么，我想你们都会明白的。当你的肺里充满了氧气，会有几分钟的时间，你根本不想呼吸，就好像你大吃了一顿之后不想吃东西一样。一点也不困难，因为这不是窒息。当你需要靠这个去求生的时候，一定会表现更好的，我向你保证。

“现在我们会紧紧贴在飞马号的一侧，只需要不到三十秒就可以靠上去。对方会派人穿着太空服扶助掉队的人，一旦全体登上飞马号，密封过渡舱就立即封闭。舱内会立即灌入氧气。你们最多流点鼻血就没事了。”

他当然希望这些都能实现，然而验证的手段只有一条。这是一场危险而史无前例的豪赌，却又别无其他选择。至少，每个人都获得了一次奋斗求生存的机会。

“好，”他续道，“你们多半会担心气压降低的问题。这是唯一不舒服的过程，如果时间不长，你在真空环境下不会有严重伤害的。我们会通过两个步骤打开船舱，首先我们会把气压慢慢降到大气压的十分之一，然后我们得再掀开舱盖冲出去。完全没有大气压的滋味不好受，会很痛，不过并不危险。别去想那些人体在真空里爆炸的传闻，那是胡说。人类比这要结实得多。我们从十分之一个大气压降到零，这比人类在实验室里测试的极限还要低得多。把嘴张大，任凭气流出入。你会感到全身皮肤蜂蜇一样痛，不过那会儿你会很忙的，根本没工夫注意这个。”

主任停下来，查看了一眼安静而专注的听众。他们的态度都很配合，然而这是预计中的事。在场的每一位都是训练有素的——他们都是各个行星工程师和技师中的尖子。

“事实上，”外科医生高兴地继续说道，“我要是告诉你们危险会带来的后果，你们多半都得笑出来。它不会比晒太阳灼伤更严重。到了外面，你们会直接接触太阳紫外线，没有大气层的保护。不到三十秒的时间，你们就会长出一种很讨厌的水泡，所以我们做横渡的时候会藏在‘飞马’的阴影里。如果你不小心到了阴影以外，就用胳膊挡住脸。你们谁要是有手套，最好都戴上。

“好了，情况就是如此。我会加入第一队，做个示范，让大伙看看有多么简单。现在我要你们分成四组。我会分别同你们做演习的。”

飞马号和黄泉号并肩向着遥远的行星驶去，然而能够到达目的地的，只能是其中的一艘。客船的密封过渡舱门打开了，敞开的大门距离击伤的战船不过几米之遥。一根根太空导索将两艘船的船体连接在一起，客船的机组人员浮游在缆索之间，做好了准备，打算救助那些逃生的船员，帮他们完成这场简短而凶险的横渡。

黄泉号还算幸运。它的四个隔离舱完好无损。整艘船依然能够分为四个隔绝的舱室，于是等分为四组的船员可以分批离开。如果全体一起逃生，飞马号的过渡舱就无法承载所有的人。

信号传来，海尔斯蒂德船长从驾驶台上望出去。只见一阵烟雾突然从战船里喷出来，接着，应急舱盖弹开了，飞入了太空（这个装置在设计之初显然没有预料到这种状况）。一阵浓重的水雾伴着尘埃涌出来。有几秒钟的时间，船长的视野都为之模糊了。逃生者体内的空气被吸干；他们的手互相握着，抵御着这种滋味——船长看在眼里，他知道这是一种什么样的感受。

水雾消散后，第一位船员已经出来了。这位首领身穿太空服，身上系着三根绳索，身后的团队全体攀附在绳索之上。飞马号上的船员马不停蹄地迎上来，接过了其中的两根绳索，分别引向相应的过渡舱。海尔斯蒂德船长松了一口气，因为他看到黄泉号的人都很有准备，井然有序地配合着救助工作。

最后一个飘浮的身影被半推半拉地装进了过渡舱，这段时间显得格外漫长。接着，一个穿着太空服的身影喊道："关闭三号舱！"一号舱几乎紧随其后，不过关闭二号舱的指令却姗姗来迟，令人煎熬地等了很久。海尔斯蒂德看不清具体情况，推想是有人荡在外面扶助其他人。不过所有的舱门终于都关闭了。根本没时间按正常程序灌入空气了——有人粗暴地拉开了阀门，船舱内的空气涌入了各个过渡舱。

在黄泉号上，其余三个隔离舱依旧封闭着，布里南将军同他的九十名船员就等在里面。他们都十人一列编好了队，在各自的组长身后攀着绳索。一切经过了计划和演练——之后的几分钟将验证计划的最后成败。

客船的喇叭发出通告，语气平和，近乎于娓娓对谈："'飞马'告知'黄泉'。我们已将贵方全体人员接出了过渡舱。没有伤亡。有几人有出血现象。请给我们五分钟时间，准备接应下一批。"

……

最后一拨横渡的时候，他们损失了一个人。他当时太慌张了，为了不累及其他人的性命，只能撇下他，关上了舱门。没有实现全体获救似乎是个遗憾，不过那一刻，众人只顾着感恩庆幸，还来不及想到这一层。

还剩下最后一件事。留在黄泉号上的最后一人是布里南将军。他设置好了定时器的电路，预留了三十秒。这对他是足够充裕了——即使太空让他变得笨手笨脚，他依然只需要一半的时间就可以离开开放的船舱。一切都是精心设计好的，只有他本人和他的总工程师能够体会其中的迫切。

他丢开遥控器，一个鱼跃出了舱口。他登上飞马号时，在那艘他曾经指挥过的飞船上还存有数百万千瓦的能量。只见它最后一次振作起精神，无声无息地飞向了银河。

所有的太阳系内层行星都清晰地见证了它的爆炸。大联邦最后的野心和地球最后的恐惧也随着它灰飞烟灭。

20

每一个月球的晚上，当太阳从皮科山孤独的巅峰后落下去时，阴影会吞噬金属的墓碑。不过只要雨海存在一天，碑身就会与亘古的大平原同寿。碑上有527个名字，以字母顺序排列。至于死者属于地球一方，抑或是为大联邦阵亡，碑上没有任何区别的标志，也许凭这一条，就可以证明他们的死毕竟还是有意义的。

皮科山战役终结了地球的垄断时代，标志着众行星的兴起。为了征服她附近的各个行星世界，地球消耗了漫长的时光，付出了巨大的精力，现在，她疲倦了——然而她所征服的世界如今纷纷莫名其妙地背弃了她，就如同很久以前美洲殖民地背弃了她们的祖国一样。前者与后者的原因也是相似的，而两者的最终结果也都有益于全体人类。

交战双方如果真的明明白白分出了胜负，那么不管赢家是谁，结局都是灾难。如果是大联邦胜，她有可能强迫地球签下条约，却永远不能促成条约的履行。反之，如果地球胜，她大可以撤回所有的资源供应，这样就足以严重地削弱这些叛逆忘本的孩子们，让他们再做几百年的殖民地。

然而实际上，这场战争以胶着的僵局收场。敌对双方都服下了一剂苦口的良药。最重要的是，双方都学会了彼此尊重。现在，双方的政府都在忙着向自己的公民们解释他们的所作所为……

战争的最后一响爆炸声之后，地球、火星、金星上的政治爆炸也旋踵而来。当硝烟散去，手握权柄的人确立了一项主要的目标，即重新建设友好的关系——哪怕是暂时的。之前的这段经历对谁都没有好处，所以要将它彻底从记忆中抹去。

飞马号事件消弭了战争留下的隔阂，它提醒人们不要忘记人类最基本的团结精神。这样的案例为政治家的工作打开了一道便捷的大门。《火卫一条约》签署了——有位历史学家认为它充满“羞愧的妥协气息”。条约缔结得很匆忙，因为地球和大联邦都掌握着对方迫切需要的东西。

大联邦方面有先进的科技，它的飞船加速的秘密就得益于此。如今，这项技术的称谓虽然仍语焉不详，但它的神力已经尽人皆知。对于地球来说，它如今也愿意分享深藏在月面下的财富了。荒芜的月球地表已经被穿透，饱含重金属的月核终于奉献出了顽固保守的宝藏。这些矿藏足以为全人类提供数百年的需用。

在未来的岁月中，整个太阳系和人类世界注定要改天换地。最直接受到影响的就是月球——曾经，她同古老而富足的地球保持着不太良好的关系；战后，她变成了所有行星世界里最珍贵的宠儿。不到十年，月华独立共和国变成了地球和大联邦间的自由港，双方在这里享有同等的权利。

未来的事自有定数。眼下最确切最要紧的是，战争结束了。

21

萨德勒心想，看起来，自从30年前他初次造访以来，中心城一直在发展壮大。新建的穹顶越来越大，任何一座都足以完全吞下早年间的旧穹顶。照此发展下去，要把整个月球表面都铺满还需要多少时间呢？他巴望着有生之年不要看到那一天。

光是一个车站就足有旧时的整个穹顶那么大。当年的车站有五条轨道，如今是三十条。不过单轨机车的样式变化不大，速度也同原来大致一样。载着他从太空港来到这里的机车，很有可能就是数十年前带他穿越雨海的同一辆车。

30年，如果按月球公民120岁的平均寿命来计算，那就是一生的四分之一过去了。不过如果按照地球的标准计算，则是一生的三分之一，因为那里的人们无论走路睡觉都要同地心引力作斗争。

街上的车辆多了许多，如今的中心城太大了，要想运作下去，再也不能以行人为主。不过有一件事情没有变。天空依然是蓝色的，点缀着地球的云朵。萨德勒知道，降雨照旧会准时到来。

他跳上一辆自动出租车，输入了地址，轻轻松松地任凭机车穿越繁忙的街道。行李已经送到了酒店，他不急不忙地跟在后面。一旦到达目的地，新的使命又将开始，像这样的机会，他也许不会再有下一次了。

来自地球的出差者和观光客似乎同本地居民人数一样多。要区分他们是很容易的，不仅从衣着和举止，还可以从失重状态下的不同姿态分辨出来。萨德勒吃惊地发现，尽管抵达月球只有短短几个小时，但他的肌肉自动地调节着，已经适应了新环境，就好像又回到了多年以前。这就像骑自行车，一旦学会了，就再也不会忘记。

如今这里有一汪湖泊了，其中还有岛屿和天鹅。关于天鹅，他此前读到过，它们的羽翼都经过精心的修剪，为的是防止它们飞起来撞到“天空”上。水花突然溅起来，一条大鱼跃出了湖面。萨德勒心想，这鱼儿发现自己竟然能跳这么高，会不会感到惊讶呢?

出租车在地下导轨的引导下自动找寻着路径，只见它一个俯冲驶入了一条隧道。依着情形判断，隧道一定是从穹顶边缘穿过的。由于天空的假象做得很逼真，什么时候要离开一座穹顶，进入另一座，是很难看清楚的。不过驶过隧道最低处时，萨德勒却很清楚自己身处的位置，因为这里有巨大的金属门。早有人告诉过他了，一旦任何一侧的气压跌落，这种金属门会在两秒内自动关闭。他琢磨着，中心城的居民一想起这茬儿，难道不会夜里睡不着觉？他还非常不解，这些人整天生活在火山、沟壑、堤坝的阴影里，为什么没有神经紧张的迹象。中心城只有一座穹顶实施过紧急疏散，因为当时发生了一起缓慢的泄漏事故——在出现任何不良后果之前的几个小时，疏散工作就完成了。

自动出租车从隧道里驶出来，进入住宅区，萨德勒眼前的景观完全换了面貌。这里不再是穹顶笼罩下的一座小城，而是一座巨型建筑物的室内景观，带自动传送带的走廊替代了原先的街道。出租车停下来，车内传来柔和的声音，告诉他再付一块五就可以在原地等他半个小时。萨德勒估计寻找目的地恐怕也需要这么长时间，于是拒绝了它的好意。自动车再次启程，自己去寻找新的顾客了。

几米之外有一块大公示牌，上面显示着建筑物的三面示意图。整体来说，这个地方让萨德勒联想起几百年前人类使用过的蜂房，他曾经在一本旧百科全书上见过的。毫无疑问，一旦你熟悉了环境，就能极其简单地找到你要去的地方，不过一时之间，面对陌生的“楼层”“走廊”“部门”“区号”，他还是感到有些为难。

“先生，您想去哪儿？”身后有人小声问道。

萨德勒转过身，只见一名六七岁的小男孩正用一双警惕而聪明的眼睛望着他。他大约和萨德勒的孙子乔纳森·彼得二世一个年纪。上帝啊，从上次访月至今，的确过去了太久的时光！

“这里很少有地球来的人，”孩子说道，“你迷路了？”

“还没有，”萨德勒答道，“不过我想很快就会了。”

“哪儿？”

萨德勒也许是听错了，不过他肯定没听见句子里有“你去”两个字。让人着实感到吃惊的是，尽管星际广播网无处不能听到，各个行星、卫星世界的口语还是发生了很大的分化。显然，只要他愿意，这孩子一定会说标准的“普通地球口语”，不过那可不是他的日常语言。

萨德勒查看着笔记本上复杂的地址，大声读了出来。

“跟我来。”小孩自告奋勇当起了向导。

萨德勒愉快地听从着他的指令。

前面的坡道戛然而止，再向前是一段宽阔的“自动路”，它正在慢慢向前滚动着。他们乘上它前行了几米后，又被引向更高速的一段。掠过了至少一千米，途中经过了无数个走廊的入口，他们又回到一段慢速路上，随后到达了一座六角形的大广场。这里有拥挤的人群，来来往往，由一条路上下来，又去“换乘”另一条，又或是在各个商亭前停下来买票。在广场的中心，有两条回环上升的坡道，一上一下，搭载着行人。他们登上了“上行”道，任凭传送带将他们送到了十几层之上。站在坡道的边缘，萨德勒可以向下望得很远。向很远处望去，那里的面貌好像一张大网。他做了一番心算，得出的结论是，就算是在轻飘飘的月球上，从这里栽下去也是要出人命的。月球的建筑师，对引力的概念是淡薄的，如果在地球，这样的建筑理念会直接引发灾难。

楼上的广场同下面入口处的一模一样，不过人群稀疏得多；可以看得出，不管月球自治共和国有多民主平等，她毕竟同其他文化一样，也存在微妙的阶层差别。出身和财富再也不能决定贵贱，然而职权的大小始终是有分化的。住在这里的人，毫无疑问，是真正掌管月球的人。他们拥有的财富并不比楼下的普通市民多多少，但是需要操心的事情多得多。而分属各阶层的人们也有上有下，不断地互相转换着身份。

萨德勒的小向导带着他走出这座中心广场，走上了另一条自动传送道，然后终于进入一条安静的走廊。走廊中心有一条贯穿始终的绿化带，两端各有一座喷泉。他走到一扇门前。“就在这儿。”他宣布着，语气虽然唐突，不过脸上的微笑却好像在说：“我也没那么聪明啦。”萨德勒这下倒有些为难了，不知道如何奖励他才合适。也不知道，如果送他点什么，他会不会反而觉得不尊重。

正在为难之际，他的向导径直帮他解了围：“超过十层了，收费十五。”

这是标准价格，萨德勒心想着，递过去一张二十五面额的钞票。让他惊讶的是，人家还坚决要找钱给他。月球人有名的诚实、进取、公平交易竟然从这么小就开始培养了，他此前倒没有想到。

“先别走，”他对向导说着，按响了门铃，“如果没有人，我要你带我回去。”

“你没事先电话预约？”他用少年老成的口气说着，不敢相信地看着萨德勒。

萨德勒觉得解释也是徒劳。地球上的老古董们效率低下，马马虎虎，一向不受精力充沛的殖民主义者欢迎——不过谢天谢地，他是不会在这里用这个字眼的。

不过，没有必要预防万一。他要找的人就在家里，萨德勒的小向导愉快地挥手向他道别，从走廊出去了，嘴里还哼着从火星传来的流行歌曲。

“我不晓得您还记不记得我，”萨德勒说道，“皮科山战役期间我就在柏拉图天文台。我的名字叫伯特伦·萨德勒。”

“萨德勒？萨德勒？对不起，可我一时之间想不起你。不过先进来吧。我一向喜欢见见老朋友的。”

萨德勒跟着他进了屋，一边好奇地四下张望着。这是他平生第一次进入月球居民的私人寓所。也许他之前也预料到了，这里同地球人的家没什么大区别。它就是整个蜂房里的一个单元，不过依然是一派家居的气氛。人类的一小部分迁居到此，住在了这种孤立分割的建筑里，已经两百多年了，从那时起，“房子”一词的意义也随着时间发生了变迁。

不过，在起居室里还是有一处小缺憾，那就是，用普通家庭的标准来考量，它太老派了一些。占去一面墙一半面积的，是一大张动态壁画——萨德勒已经有许多年没见过这种类型了。画上显示的是雪花降在山坡上，山麓还有个小小的村庄。除了距离显得太远之外，一切都十分清晰、细致，玩具般的教堂和小房舍十分生动逼真，就像是用望远镜倒过来看那样的效果。村庄以远，地势升高，越来越陡峭，一直通向大山。天际线则完全被山岳的身影笼罩，山巅有一抹积雪，有风吹过的时候，白雪还会像彩带般飘落下来。

萨德勒猜想，这是段真实的影像，是几百年前录制的。不过他也不敢确定。也不知地球上还能不能找到如此惊艳的景观。

主人请萨德勒坐下，他便坐了，第一次仔细打量着这位曾经和他捉过迷藏的男子——非但玩过游戏，而且，那场游戏还关乎一项重要的使命。“您不记得我了？”他问道。

“我恐怕是不记得了。我对姓名和面孔很不敏感的。”

“好吧，我的岁数翻了快一倍了，所以这也很正常。不过，你没怎么变啊，莫尔顿教授。我至今还记得，你是我前往天文台的路上第一个跟我说话的人。我是在中心城搭乘的单轨车，望着太阳从亚平宁山后落下。当时正是皮科山战役前夕，那也是我第一次造访月球。”

萨德勒看得出，莫尔顿真的很茫然。无论如何，毕竟已过了30年，而他也必须明白，自己对数字和事件的记忆力绝对是超常的。

“没关系，”他续道，“我不应该指望您也记得我，因为我不是您的同事。我只是天文台的访客，待的时间又不长。我是会计师，不是天文学家。”

“真的？”莫尔顿说，显然还是没有想起什么。

“不过，我去天文台的工作可不是去当会计，只不过用它来做掩护。我真实的身份是政府特工，受命调查情报泄密事件。”

他专注地望着老先生的脸，只见对方的脸上显然写满了惊讶。短暂的静默后，莫尔顿答道：“我似乎能想起一些这一类的事情。不过名字已经忘光了。当然，那是太久以前了。”

“是啊，当然。”萨德勒应道，“不过我可以肯定有些事情您会记得的。不过，在我继续说下去之前，最好先说明一件事。我这次来访和官方没什么关系。我现在的确只是名会计师，而且可以高兴地说，是很成功的会计师。其实，我是卡特、哈格里夫、蒂洛森的合伙人之一，月球的不少大企业也委托我做审计。不信问问你们的总商会就知道了。”

“那我就不明白……”莫尔顿开口道。

“不明白这一切同您有什么关联？好吧。我来帮您回忆一番。当时我受命调查一桩情报泄露的案子。不知怎的，消息走漏了，传到了大联邦。我们有位特工，报告说泄密发生在天文台，我就是去查这件事儿的。”

“说下去。”莫尔顿说道。

萨德勒面露微笑，其中含有几分嘲讽。

“人家认为我是个好会计，”他说，“不过我恐怕不是个成功的安全特工。我怀疑过很多人，不过什么也没发现，不过无意之间倒是揭露了一个骗子。”

“詹金斯。”莫尔顿突然说道。

“对啊——看来你的记性还不是很差，教授。无论如何，我始终没有找到间谍，我甚至不能证明他是否存在，尽管我调查了所有想得到的方方面面。可想而知，整个工作最后不了了之地失败了，几个月后我返回了正常的工作岗位，心情也好了很多。不过我一直放不下这事儿——这是个没有结论的案子，而我一向不喜欢在‘资产负债表’上留下误差。本来，我已经放弃了希望，没想到几个星期前，我读到了布里南将军的书。你有没有看过？”

“恐怕没有。不过我肯定听说过。”

萨德勒伸手从公文包里取出厚厚的一本，递给了莫尔顿。

“我特地给您带了一本。我知道您一定会非常感兴趣的。相当轰动的一本书，整个太阳系都对它大呼小叫的。他一点保留也没有，怪不得很多大联邦的人对他那么愤怒。不过，我感兴趣的不是这个。我着迷的部分，是引发皮科山战役的那些事件。您应该想象得出我有多么吃惊，因为当时我读到，他肯定地确认有关键情报从天文台泄漏出来。原文是：‘地球的某一位最杰出的天文学家，通过高明的技术手段，不断向我们透露“托尔计划”的进展情况。他的真实姓名不宜公开，不过他已经光荣退休，在月球安度晚年。’”

接下来的沉默持续了很久。莫尔顿皱纹堆垒的脸上此刻表情全无，完全看不出他的心情。

“莫尔顿教授，”萨德勒热切地继续说道，“我说过自己纯粹是出于个人的好奇才来叨扰的，希望您相信我。而且不管怎样您都是自治共和国公民，即便我真想对您不利也没这个权利。不过，我料定您就是那个间谍。书里的描述完全吻合，我排除了其他所有的可能。而且，我在大联邦的朋友查看过记录，放心，也是非官方的渠道。所以假装什么都不知道是丝毫用处也没有的。如果您不想谈，那我可以走人。不过如果您觉得有什么是可以告诉我的——到了今天了，我认为应该没什么问题了——如果您觉得可以，我会非常非常想知道您当初是怎么办到的。”

莫尔顿翻开了布里南教授（后来成了布里南将军）的书，正在查看着索引。接着他带着几分厌烦地摇着头。

“他不应该那么说。”莫尔顿恼火地说着，却听不出来是针对哪个人。萨德勒满意地吐出一口气。老科学家猛地一转头面对着他。

“如果我告诉你，你会用这信息做什么？”

“什么也不做，我发誓。”

“就算过了这么久，我的一些同事知道了也许还是会发火的。你知道，走出这一步不容易。我心里并不好受。不过当时必须制止地球，我认为我的选择是正确的。

“哲美森教授——他如今是总监了，对吧？——也有相似的想法。不过他没有付诸行动。”

“我知道。当时有一阵子，我几乎认定间谍就是他，不过幸好我没有……”

莫尔顿深思着停顿了一阵，脸上露出了微笑。

“我想起来了，”他说，“我带你去看了我的实验室。我当时就有一点疑心的——我觉得你居然愿意去实验室，挺奇怪的。所以我不厌其烦，给你看了所有的东西。直到后来，我发现你厌烦了，这才打消了疑心。”

“我那时候经常感到厌烦，”萨德勒漠然说道，“天文台的设备太多了。”

“但是，我的一些设备是独一无二的。即使是和我同一专业的人也猜不出它们是什么。我猜你们这样的人想找的是隐藏的电台发射机，对不对？”

“是的。我们在瞭望台有监控设备，不过从来也没发现什么。”

莫尔顿显然开始自我得意起来。萨德勒心想，过去30年了，他都没办法告诉大家自己是怎么骗过了地球上的保安特工，想必他也觉得憋闷吧。

“妙就妙在，”莫尔顿继续说道，“我的发射机始终放在明处。其实，它是整个天文台最显眼的物件了。你知道的，那就是一千厘米望远镜。”

萨德勒不敢相信地瞪着他。

“我没听明白。”

“考虑一下，”莫尔顿说着，恢复了当年大学教授的气派，“望远镜究竟是用来做什么的。它从天空中很小的一块区域收集光线，然后精确地聚焦，反映在摄影底版上，或是光谱仪的显示器上。不过你难道没想到——望远镜是可以双向使用的吗？”

“我正在跟着您的思路。”

“我的观测工作需要使用一千厘米望远镜去研究较暗的恒星。我关注的频率是远紫外频段——显然肉眼是看不到的。我只要将普通仪器替换成一台远紫外灯，望远镜就立即变成了一台超大功率的高精度探照灯，它发出的光束极窄，只有在天空极精确的位置上才能探测得到。当然，用有效的密码发出信号是件烦琐的事情。我不能用摩尔斯密码，不过我做了一台自动调制仪为我编码。”

萨德勒慢慢地消化理解着案情。一经解释，这个创意就显得太简单了。对啊，他现在才想到，任何望远镜，一定是可以双向工作的——它既可以从恒星那里收集光线，或者，如果有人在目镜处设置光源，它又可以平行地向它们发射光线。莫尔顿就用这个法子，将一千厘米的反光镜变成了人间有史以来最大的一支电子手电筒。

“你将信号发射到哪里呢？”他问道。

“大联邦有一艘小飞船，停在大约十千米外的空中。即使到了那个高度，我的光束依然能保持集中，要保持在同一个位置，需要非常好的导航。当时约定好了，飞船始终同我和一颗北天的暗星保持一线。当时在我的视野里，那颗星是始终看得见的。我想要发信号的时候——当然，他们也知道我的操作时间——我只要将坐标值输入望远镜，就肯定对方可以接收得到。他们船上也有一台小望远镜，上面安装了远紫外线感应装置。他们同时用普通无线电同火星保持联络。我当时想大老远飞到那里，只为了收听我一个人的信号，感觉一定很傻。有的时候，我会好几天什么也不发送的。”

“还有另外一个关键的问题，”萨德勒说道，“说到底，情报是怎么到你手里的？”

“哦，有两个方法。我们保存着每一期的天文学杂志，这一点没有问题。比如，在《天文台》杂志里，在规定好的页数上，我会专门负责查看。上面的字在远紫外线下才能像荧光一样显示出来。谁也不可能看出来，普通的紫外光根本没有用。”

“另一个方法呢？”

“我当时每周末都会去中心城的健身房。你脱下衣服会把它们放在上锁的衣柜里，不过上面的柜门有足够的缝隙可以塞东西进去。有时候我会发现在我的衣物上面多了一张制表机的卡片，上面打了一串孔洞。这种东西太普通，太常见了——在天文台随处可见，不仅在计算部门。我一向故意在口袋里放几张真卡片做障眼法。回到天文台以后，我就会解开空洞的密码，下一次发射的时候再把情报送出去。我一向不知道自己送出的情报内容——全都是密码。我也从来没发现到底是谁把东西塞在我衣柜里的。”

莫尔顿停顿下来，疑问地望着萨德勒。

“总之，”他总结道，“我以为你始终没有太多机会。我唯一的风险是你有可能抓到我的线人，发现他们就是给我送情报的人。即使出现那种情况，我想我也有办法脱身。我所用的每一件仪器都是真正的天文工具。即使是调制密码的调制仪也可以说是一台光谱分析仪，虽然不太好用，但我事后也没把它拆下来。我的发报每次只消几分钟——这么点时间，足够传送大量信息了。发报之后我可以接着做我的日常工作。”

萨德勒用毫不掩饰的崇敬眼神望着老天文学家。他现在感觉好多了，多年前留下的自卑感烟消云散了。自责已经没有必要。他料想别人也未必能察觉莫尔顿的行迹，因为他们都把目光局限在天文台一个地方了。应该责怪的人是中心城和“托尔计划”的反谍报人员，他们应该在职责范围内阻止情报的继续外流。

萨德勒还想问最后一个问题，不过又有些问不出口，这毕竟不是他该关心的。他已经知道了事情的过程。然而教授的动机依然是个谜团。

他可以揣想出许多答案。他以往所做的研究显示，像莫尔顿这样的人，不会为了金钱、权力这样无聊的东西而去当什么间谍。是什么热情的原动力驱使他走上了这条路？他的内心一定有极深沉的信念，让他相信自己的所作所为是正义的。可能是他的逻辑让他认为，应该支持大联邦，应该反对地球，不过面对这样的题目，仅仅有逻辑是绝对不够的。

这个秘密留在莫尔顿自己的心里。也许，他猜到了萨德勒的心思，因为他猛然间走到一座大书柜前，拉开了一扇嵌板柜门。

“我曾在书里读过这么一段，”他说，“读了以后我感到莫大的安慰。我不知道它的本意是不是讽刺，不过其中包含着真理。这是四百年前一位法国政治家写的，他名叫塔列朗。他是这么说的：‘什么是叛国？其实只是迟早的事。’你该好好思考一番，萨德勒先生。”

他从书柜前走回来，带回了一对玻璃酒杯和一支酒瓶。

“这是我的嗜好，”他告诉萨德勒，“金星上最近一季的佳酿。法国人讥笑它，不过我认为它不逊于地球的任何一种美酒。”

他们碰杯了。

“为了星际的和平，”莫尔顿教授说，“愿人间再也没有人扮演我们曾经的角色。”

背景是二百年前、四十万千米以外的壁画风景，人物是一名间谍和一名反间谍——他们举酒共饮。两人心里充满了回忆，不过这回忆里已经没有了苦涩。再也没什么可说的了，对他们来说，故事都已经结束了。

莫尔顿引着萨德勒穿过走廊，经过静静的喷泉，看着他安全地踩上滚滚向前的地面，向着中心广场的方向去了。莫尔顿回房的路上，徘徊在芬芳的小花圃之间，一群嬉笑的孩童从“第九区”操场上奔出来，他几乎被他们撞倒了。走廊里回响着他们刺耳的笑闹声，接着，他们又像一阵风一样远去。

莫尔顿教授望着他们向着光明而没有纷扰的未来奔去，脸上露出微笑——那样的未来，他也曾为之出过力。他得到了很多安慰，这一点则是其中最深切的。在想象力所能达到的未来，人类再也不会自相残害，变得支离破碎了。因为就在他的头顶，在中心城穹顶的外面，月球的无尽宝藏可以源源不断地流向太空，流向人类安家立业的各大行星。

读客®

科幻文库

跟着读客读科幻，经典科幻全看遍

太空歌剧、赛博朋克、奇幻史诗……

中国、美国、英国、俄罗斯、波兰、加拿大、日本、牙买加……

读客汇聚雨果奖、星云奖、轨迹奖获奖作品

精挑细选顶尖的科幻奇幻经典

陪伴读者一起探索人类文明的过去、现在和未来

亿亿万万年，直至宇宙尽头

读客科幻文库

读客®

图书在版编目（CIP）数据

地光 / (英) 阿瑟·克拉克 (Arthur C. Clarke) 著 ;
王臻译 . -- 南京 : 江苏凤凰文艺出版社 , 2018.8（2022.7 重印）
（读客外国小说文库）
书名原文 : Earthlight
ISBN 978-7-5594-2006-0

Ⅰ . ①地… Ⅱ . ①阿… ②王… Ⅲ . ①科学幻想小说
- 英国 - 现代 Ⅳ . ① I561.45

中国版本图书馆 CIP 数据核字 (2018) 第 090437 号

地光

[英] 阿瑟·克拉克 著　　王 臻 译

责任编辑　丁小卉
特约编辑　徐陈健　王予润
装帧设计　读客文化　021–33608320
责任印制　刘 巍
出版发行　江苏凤凰文艺出版社
　　　　　南京市中央路 165 号，邮编：210009
网　　址　http://www.jswenyi.com
印　　刷　嘉业印刷（天津）有限公司
开　　本　889 毫米 × 1270 毫米 1/32
印　　张　8
字　　数　134 千字
版　　次　2018 年 8 月第 1 版
印　　次　2022 年 7 月第 8 次印刷
标准书号　ISBN 978 – 7 – 5594 – 2006 – 0
定　　价　39.90 元

江苏凤凰文艺版图书凡印刷、装订错误，可向出版社调换，联系电话：010–87681002。